夏目漱石

坊っちゃん 少爺

一天一段落，
中文日文一起來，
從幽默中學日語

夏目漱石 著
雅琪 譯

1

―― 針對華語圈的日語學習者設計 ――

引人入勝的日語學習體驗

嘿，日語學習者們！還在為那些枯燥乏味的教材苦惱嗎？別再煩惱了，這本書就是你日語學習的救世主！《夏目漱石：坊ちゃん――少爺（一）：一天一段落，中文日文一起來，從幽默中學日語》用夏目漱石的經典名作《坊ちゃん》，為你打造一場充滿歡笑和智慧的學習盛宴。

內容亮點

1 幽默翻譯：笑著學日語

為什麼選擇《坊ちゃん》？因為這本書可不是一般的小說，它充滿了夏目漱石那犀利的諷刺和幽默。語言生動，文筆幽默，裡面更是充斥著大量的俚語和俗語，真的是接地氣到不行。學這樣的內容，不僅能讓你的日語更生活化，還能在與日本朋友交流時大放異彩。

2 創新學習方法：中日雙語治癒朗讀

我們可是花了心思設計了一種超有趣的學習方式：一句日文一句中文的聲音朗讀。這樣不僅能幫助你理解每句話的意思，還能練練你的發音和聽力，真的是一舉兩得！每個句子都經過精挑細選，保證讓你在學習中體會到夏目漱石的幽默和智慧。

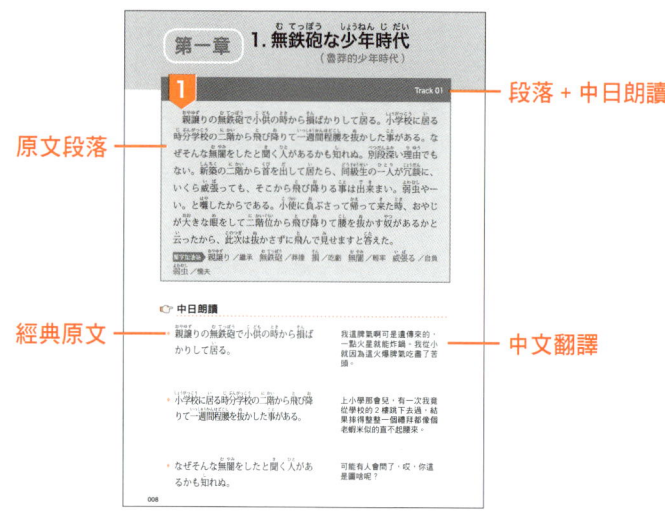

③ 貼心生字提示：零挫折累積單字量

不僅如此，我們還貼心地挑選並解釋了書中的生字難詞，讓你在閱讀原文時不再一知半解，學習起來更加輕鬆愉快。

```
2                                              Track 02
親類の者から西洋製のナイフを貰って奇麗な刃を日に翳して、友
達に見せて居たら、一人が光る事は光るが切れそうもないと云っ
た。切れぬ事があるか、何でも切って見せると受け合った。そんな
ら君の指を切ってみろと注文したから、何だ指位此通りだと右の手
の親指の甲をはすに切り込んだ。幸ナイフが小さいのと、親指の骨
が堅かったので、今だに親指は手に付いて居る。然し創痕は死ぬ迄
消えぬ。

單字加油站 注文／要求　幸／幸運　創痕／疤痕，傷痕
```

生字 ←

④ 多重學習體驗

1. **幽默翻譯**：翻譯過程中，我們可沒少用幽默、諷刺犀利的手法，保證讓你笑著學日語。
2. **生活俚語**：大量的日常用語和俚語，讓你的日語更加貼近生活，學起來更有趣。
3. **聽力練習**：一句日文一句中文的朗讀設計，讓你的發音和聽力都得到鍛鍊。
4. **文化體驗**：通過《坊ちゃん》，你能深入了解日本的文化和社會背景，真的是一箭雙鵰。
5. **加糖人生**：學習文豪的詼諧態度，化解人生重重關卡。

003

5 文學療癒：給疲憊心靈加點糖

在這個快節奏、壓力山大的現代社會，《夏目漱石：坊ちゃん——少爺（一）：一天一段落，中文日文一起來，從幽默中學日語》不僅僅是一部日語學習書，更是一劑治癒心靈的良藥。跟隨夏目漱石的文字，讓我們在幽默中找到共鳴，學會以輕鬆的態度面對生活中的困難和挑戰，給疲憊的心靈注入一劑甜蜜的解藥。

6 情感炸裂：從問題深入體驗文學的感動

讀懂了字面上的意義，就讀透其中的情感了嗎？我們用6個小單元，穿插於章節中，向讀者拋出深度疑問。不只結合了考試中閱讀測驗的形式，更是引導讀者深入思考的指南針。如果還是感到迷惘，我們再附上詳細的詞彙解析，讓記憶自然深刻。讓我們感動，一起探索少爺的內心世界吧！

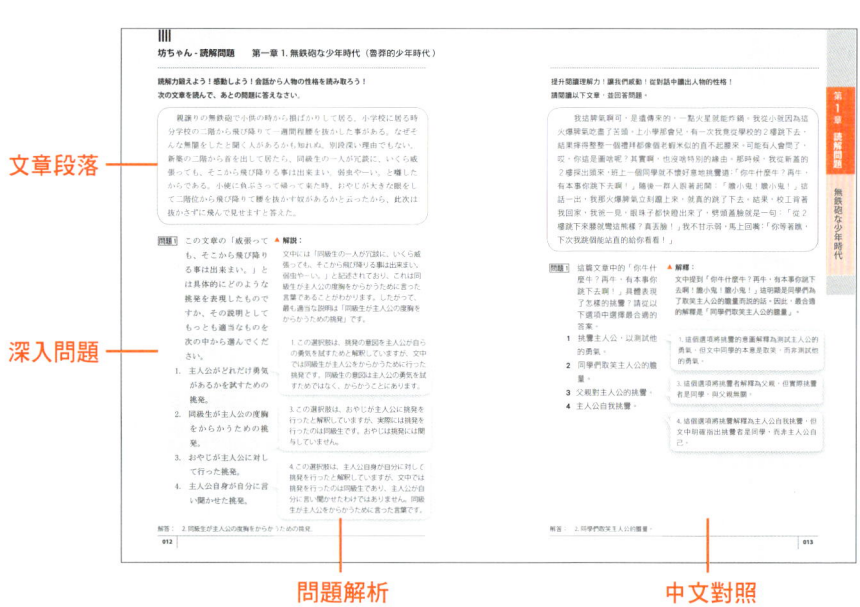

適合誰？

無論你是日語初學者還是有一定基礎的學習者，這本書都能給你帶來不一樣的學習體驗。如果你喜歡幽默、熱愛文學，想在輕鬆愉快中學日語，那你就一定不能錯過這本書！

專為你設計的輔助神器

1. **10 分鐘小品**：每日只要 10 分鐘，積少成多也能讀完長篇小說！
2. **生字小幫手**：零挫折累積單字量，閱讀理解力急速倍增。
3. **翻譯蒟蒻**：日中句句對照翻譯，學習不再一知半解。
4. **沉浸經典**：中日療癒故事朗讀，隨時隨地開啟冒險旅程。
5. **加糖人生**：學習文豪的詼諧態度，化解人生重重關卡。
6. **內化情感**：透過問題，深入理解角色與文學深意。

最舒服的學習體驗，滿滿福利等你來！

準備好開始這場幽默之旅了嗎？翻開《夏目漱石：坊ちゃん——少爺（一）：一天一段落，中文日文一起來，從幽默中學日語》，讓我們一起笑著學日語，玩著學文化！這可不僅僅是一本書，更是一段充滿樂趣和智慧的學習之旅。來吧，我們在這裡等著你，和我們一起開啟這段幽默的日語學習之旅吧！

目錄

第一章 ... 007

1. 魯莽的少年時代 ... 008
閱讀專欄 ... 012
2. 栗樹與當鋪的兒子 ... 016
3. 家庭不睦與母親的去世 ... 022
閱讀專欄 ... 028
4. 與女傭阿清婆的情誼 ... 032
5. 父親的去世與哥哥的分道揚鑣 ... 050
閱讀專欄 ... 076

第二章 ... 081

1. 抵達偏遠的漁村 ... 082
閱讀專欄 ... 088
2. 初探中學的不安感 ... 094
3. 旅館的不快體驗 ... 097
閱讀專欄 ... 106
4. 學校裡的驚奇初體驗 ... 110
5. 新居與新開始 ... 138
閱讀專欄 ... 144

全文中日對照 ... 149

第一章

1. 無鉄砲な少年時代
（魯莽的少年時代）

2. 栗の木と質屋の息子
（栗樹與當鋪的兒子）

3. 家族の不和と母の死
（家庭不睦與母親的去世）

4. 下女・清との絆
（與女傭阿清婆的情誼）

5. 父の死と兄との別れ
（父親的去世與哥哥的分道揚鑣）

《少爺》出場人物

少爺【ぼっちゃん】
我們的主角,一個直爽且充滿正義感的年輕人,時常被捲入麻煩但總能以一顆赤子之心面對。

父【ちち】
絲毫不寵愛少爺,時常認為他不會有出息。

母【はは】
早逝,對兄長特別偏愛,認為少爺總是無法無天。

兄【あに】
皮膚白皙,喜歡模仿戲劇中的女性角色,聰明狡猾,與少爺關係不和。

清【きよ】
少爺家的老女傭,對少爺像親生兒子一樣照顧,心地善良。

校長【こうちょう】
皮膚黝黑,留著鬍子,活像隻大山狸。是學校的掌門人,負責管理整個學校的運作。

山嵐【やまあらし】
姓叫堀田,少爺的朋友,頭剃得像刺蝟,豪爽的彪形大漢。他是學校裡的數學老師,性格豪放且正直。

赤シャツ【あかしゃつ】
學校裡的教務主任,外表斯文卻內心複雜,時常穿著紅襯衫,愛好打扮。

ウラナリ【うらなり】
姓叫古賀,學校裡的英文老師,外號「老南瓜」,因臉長得像老南瓜而得名。內向且溫和。

画学の教師【ががくのきょうし】
學校裡的美術老師,一位像藝人一樣的教師,總是穿著輕飄飄的薄綾外掛,手裡搖著扇子。

漢学の教師【かんがくのきょうし】
學校裡的漢文老師,性格古板卻待人親切。

第一章　1. 無鉄砲な少年時代
（魯莽的少年時代）

Track 01

　親譲りの無鉄砲で小供の時から損ばかりして居る。小学校に居る時分学校の二階から飛び降りて一週間程腰を抜かした事がある。なぜそんな無闇をしたと聞く人があるかも知れぬ。別段深い理由でもない。新築の二階から首を出して居たら、同級生の一人が冗談に、いくら威張っても、そこから飛び降りる事は出来まい。弱虫やーい。と囃したからである。小使に負ぶさって帰って来た時、おやじが大きな眼をして二階位から飛び降りて腰を抜かす奴があるかと云ったから、此次は抜かさずに飛んで見せますと答えた。

單字加油站　親譲り／繼承　無鉄砲／莽撞　損／吃虧　無闇／輕率　威張る／自負　弱虫／懦夫

中日朗讀

◆ 親譲りの無鉄砲で小供の時から損ばかりして居る。

我這脾氣啊可是遺傳來的，一點火星就能炸鍋。我從小就因為這火爆脾氣吃盡了苦頭。

◆ 小学校に居る時分学校の二階から飛び降りて一週間程腰を抜かした事がある。

上小學那會兒，有一次我竟從學校的２樓跳下去過，結果摔得整整一個禮拜都像個老蝦米似的直不起腰來。

◆ なぜそんな無闇をしたと聞く人があるかも知れぬ。

可能有人會問了，哎，你這是圖啥呢？

009

◆ 別段深いりゆうでもない。

其實啊,也沒啥特別的緣由。

◆ 新築の二階から首を出して居たら、同級生の一人が冗談に、いくら威張っても、そこから飛び降りる事は出来まい。弱虫やーい。と囃したからである。

那時候,我從新蓋的2樓探出頭來,班上一個同學就不懷好意地挑釁道:「你牛什麼牛?再牛,有本事你跳下去啊!」隨後一群人跟著起鬨:「膽小鬼!膽小鬼!」這話一出,我那火爆脾氣立刻躥上來,就真的跳了下去。

◆ 小使に負ぶさって帰って来た時、おやじが大きな眼をして二階位から飛び降りて腰を抜かす奴があるかと云ったから、此次は抜かさずに飛んで見せますと答えた。

結果,校工背著我回家,我爸一見,眼珠子都快瞪出來了,劈頭蓋臉就是一句:「從2樓跳下來腰就彎這熊樣?真丟臉!」我不甘示弱,馬上回嘴:「你等著瞧,下次我跳個能站直的給你看看!」

2 Track 02

親類の者から西洋製のナイフを貰って奇麗な刃を日に翳して、友達に見せて居たら、一人が光る事は光るが切れそうもないと云った。切れぬ事があるか、何でも切って見せると受け合った。そんなら君の指を切ってみろと注文したから、何だ指位此通りだと右の手の親指の甲をはすに切り込んだ。幸ナイフが小さいのと、親指の骨が堅かったので、今だに親指は手に付いて居る。然し創痕は死ぬ迄消えぬ。

單字加油站 注文／要求　幸／幸運　創痕／疤痕・傷痕

👉 中日朗讀

- 親類の者から西洋製のナイフを貰って奇麗な刃を日に翳して、友達に見せて居たら、一人が光る事は光るが切れそうもないと云った。

有一次，有個親戚送了我一把洋玩意兒的小刀。我在陽光下對著夥伴們顯擺那亮閃閃的美麗刀刃。有個傢伙偏偏要潑冷水，說：「看著挺亮的，可不利啥都切不動。」

- 切れぬ事があるか、何でも切って見せると受け合った。

我一聽這話就火冒三丈，頂了回去：「怎麼不鋒利？啥都能切給你瞧瞧！」

- そんなら君の指を切ってみろと注文したから、何だ指位此通りだと右の手の親指の甲をはすに切り込んだ。

那小子壞笑著說：「那你倒是切個手指頭試試看？」他這是存心找碴。我也不含糊，瞪著眼說：「怎麼著？切個手指頭有啥大不了的？看好了！」說罷，我舉起那小刀往右手大拇指指甲上一橫劃。

- 幸ナイフが小さいのと、親指の骨が堅かったので、今だに親指は手に付いて居る。

幸虧那刀子小，加上我大拇指的骨頭夠硬，這指頭到現在還安然無恙地長在手上。

- 然し創痕は死ぬ迄消えぬ。

不過，這道傷疤估計是要陪我一輩子了。

第1章 無鉄砲な少年時代（魯莽的少年時代）

011

坊ちゃん - 読解問題　　第一章 1. 無鉄砲な少年時代（魯莽的少年時代）

読解力鍛えよう！感動しよう！会話から人物の性格を読み取ろう！
次の文章を読んで、あとの問題に答えなさい。

> 親譲りの無鉄砲で小供の時から損ばかりして居る。小学校に居る時分学校の二階から飛び降りて一週間程腰を抜かした事がある。なぜそんな無闇をしたと聞く人があるかも知れぬ。別段深い理由でもない。新築の二階から首を出して居たら、同級生の一人が冗談に、いくら威張っても、そこから飛び降りる事は出来まい。弱虫やーい。と囃したからである。小使に負ぶさって帰って来た時、おやじが大きな眼をして二階位から飛び降りて腰を抜かす奴があるかと云ったから、此次は抜かさずに飛んで見せますと答えた。

問題1 この文章の「威張っても、そこから飛び降りる事は出来まい。」とは具体的にどのような挑発を表現したものですか、その説明としてもっとも適当なものを次の中から選んでください。

1. 主人公がどれだけ勇気があるかを試すための挑発。
2. 同級生が主人公の度胸をからかうための挑発。
3. おやじが主人公に対して行った挑発。
4. 主人公自身が自分に言い聞かせた挑発。

▲ **解説：**

文中には「同級生の一人が冗談に、いくら威張っても、そこから飛び降りる事は出来まい。弱虫やーい。」と記述されており、これは同級生が主人公の度胸をからかうために言った言葉であることがわかります。したがって、最も適当な説明は「同級生が主人公の度胸をからかうための挑発」です。

1. この選択肢は、挑発の意図を主人公が自らの勇気を試すためと解釈していますが、文中では同級生が主人公をからかうために行った挑発です。同級生の意図は主人公の勇気を試すためではなく、からかうことにあります。

3. この選択肢は、おやじが主人公に挑発を行ったと解釈していますが、実際には挑発を行ったのは同級生です。おやじは挑発には関与していません。

4. この選択肢は、主人公自身が自分に対して挑発を行ったと解釈していますが、文中では挑発を行ったのは同級生であり、主人公が自分に言い聞かせたわけではありません。同級生が主人公をからかうために言った言葉です。

解答：　2. 同級生が主人公の度胸をからかうための挑発。

提升閱讀理解力！讓我們感動！從對話中讀出人物的性格！
請閱讀以下文章，並回答問題。

> 我這脾氣啊，可是遺傳來的，一點火星就能炸鍋。我從小就因為這火爆脾氣吃盡了苦頭。上小學那會兒，有一次我竟從學校的２樓跳下去，結果摔得整整一個禮拜都像個老蝦米似的直不起腰來。可能有人會問了，哎，你這是圖啥呢？其實啊，也沒啥特別的緣由。那時候，我從新蓋的２樓探出頭來，班上一個同學就不懷好意地挑釁道：「你牛什麼牛？再牛，有本事你跳下去啊！」隨後一群人跟著起鬨：「膽小鬼！膽小鬼！」這話一出，我那火爆脾氣立刻躥上來，就真的跳了下去。結果，校工背著我回家，我爸一見，眼珠子都快瞪出來了，劈頭蓋臉就是一句：「從２樓跳下來腰就彎這熊樣？真丟臉！」我不甘示弱，馬上回嘴：「你等著瞧，下次我跳個能站直的給你看看！」

第 1 章　読解問題　無鉄砲な少年時代

問題1　這篇文章中的「你牛什麼牛？再牛，有本事你跳下去啊！」具體表現了怎樣的挑釁？請從以下選項中選擇最合適的答案。
1　挑釁主人公，以測試他的勇氣。
2　同學們取笑主人公的膽量。
3　父親對主人公的挑釁。
4　主人公自我挑釁。

▲ 解釋：
文中提到「你牛什麼牛？再牛，有本事你跳下去啊！膽小鬼！膽小鬼！」這明顯是同學們為了取笑主人公的膽量而說的話。因此，最合適的解釋是「同學們取笑主人公的膽量」。

1. 這個選項將挑釁的意圖解釋為測試主人公的勇氣，但文中同學的本意是取笑，而非測試他的勇氣。

3. 這個選項將挑釁者解釋為父親，但實際挑釁者是同學，與父親無關。

4. 這個選項將挑釁解釋為主人公自我挑釁，但文中明確指出挑釁者是同學，而非主人公自己。

解答：　2.同學們取笑主人公的膽量。

坊ちゃん - 読解問題

問題2 この文章の「此次は抜かさずに飛んで見せますと答えた。」から見て、主人公の性格はどのようなものですか、その説明としてもっとも適当なものを次の中から選んでください。

1. 主人公は自分のミスを繰り返さないように慎重になる性格。
2. 主人公は挑戦的で負けず嫌いな性格。
3. 主人公は落ち着きがあり、冷静な性格。
4. 主人公は自分の行動を反省する性格。

▲ 解説：

文中には「小使に負ぶさって帰って来た時、おやじが大きな眼をして二階位から飛び降りて腰を抜かす奴があるかと云ったから、此次は抜かさずに飛んで見せますと答えた。」と記述されています。これにより、主人公が挑戦的で負けず嫌いな性格であることがわかります。この表現は、主人公が失敗を恐れず、再挑戦する姿勢を持っていることを示しています。

1. 主人公の行動は慎重さよりも挑戦的な姿勢が強調されています。文中には慎重に行動する様子が描かれていません。

3. 主人公の行動は感情的で、冷静や落ち着きとは対照的です。特に「此次は抜かさずに飛んで見せます」という発言は、感情的で負けず嫌いな性格を示しています。

4. 主人公が自分の行動を反省する描写は文中にありません。むしろ、再度挑戦することで失敗を乗り越えようとする姿勢が強調されています。

解答： 2. 主人公は挑戦的で負けず嫌いな性格。

覚えよう！言葉の意味！

1. 無鉄砲（むてっぽう）：結果を考えずに大胆に行動すること。例文の主人公のように、挑発されるとすぐに行動に移す性格を指します。
2. 損（そん）：利益がないこと。または、害を受けること。主人公が無鉄砲な行動の結果としてよく経験することです。
3. 無闇（むやみ）：考えなしに行動すること。主人公が二階から飛び降りた行動は、この「無闇」に当たります。
4. 威張る（いばる）：偉そうに振る舞うこと。例文では、同級生が冗談で「威張っても飛び降りることはできない」と言っています。
5. 弱虫（よわむし）：臆病で弱い人。挑発に使われた言葉で、主人公がこれを否定するために二階から飛び降りた行動に出ました。
6. 負ぶさる（おぶさる）：背中に乗ること。背負われること。主人公が怪我をした後、小使に負ぶさって帰宅したシーンで使われています。

問題2 從文章中的「你等著瞧，下次我跳個能站直的給你看看！」這句話可以看出，主人公的性格是怎樣的？請從以下選項中選擇最合適的答案。

1. 主人公是一個謹慎行事，避免重蹈覆轍的人。
2. 主人公是一個富有挑戰精神且不服輸的人。
3. 主人公是一個冷靜沉著的人。
4. 主人公是一個會反省自己行為的人。

▲ **解釋：**

文中記述「結果，校工背著我回家，我爸一見，眼珠子都快瞪出來了，劈頭蓋臉就是一句：『從2樓跳下來腰就彎這熊樣？真丟臉！』我不甘示弱，馬上回嘴：『你等著瞧，下次我跳個能站直的給你看看！』」這表明主人公具有挑戰精神和不服輸的性格，並不害怕失敗，願意再次挑戰自己。

1. 主人公的行動中更強調挑戰精神，而非謹慎。文中沒有描述他謹慎行事。

3. 主人公的行動是感情用事的，與冷靜沉著相反。特別是「你等著瞧，下次我跳個能站直的給你看看！」這句話，顯示出他感情用事和不服輸的性格。

4. 文中沒有描寫主人公反省自己的行為，反而強調他願意再次挑戰，克服失敗。

解答： 2. 主人公是一個富有挑戰精神且不服輸的人。

學習！詞彙的意義！

1. 無鉄砲（むてっぽう）：指不顧後果，膽大妄為地行動。正如例文中的主人公，一旦被挑釁，就立即付諸行動的個性。
2. 損（そん）：指沒有利益，或者遭受損害。這是主人公因其魯莽行為經常經歷的結果。
3. 無闇（むやみ）：指不經思考就行動。主人公從2樓跳下來的行為正是這種「無闇」行為的體現。
4. 威張る（いばる）：指擺架子，裝腔作勢。例文中，同學們開玩笑說：「就算你再怎麼牛（裝腔作勢），也不敢跳下來」。
5. 弱虫（よわむし）：指膽小怕事的人。這是用來挑釁主人公的詞語，促使他為否定這個稱呼而跳下2樓。
6. 負ぶさる（おぶさる）：指背在背上。這個詞用在主人公受傷後由工友背著回家的情景。

第一章 2. 栗の木と質屋の息子
（栗樹與當鋪的兒子）

1　Track 03

庭を東へ二十歩に行き尽すと、南上がりに聊か許りの菜園があって、真中に栗の木が一本立って居る。是れは命より大事な栗だ。実の熟する時分は起き抜けに脊戸を出て落ちた奴を拾ってきて、学校で食う。菜園の西側が山城屋と云う質屋の庭続きで、此質屋に勘太郎という十三四の忰が居た。勘太郎は無論弱虫である。弱虫の癖に四つ目の垣根を乗りこえて、栗を盗みにくる。ある日の夕方折戸の蔭に隠れて、とうとう勘太郎を捕まえてやった。其時勘太郎は逃げ路を失って、一生懸命に飛びかゝって来た。向うは二つ許り年上である。弱虫だが力は強い。鉢の開いた頭を、こっちの胸へ宛てゝぐいぐい押した拍子に、勘太郎の頭がすべって、おれの袷の袖の中に這入った。邪魔になって手が使えぬから、無闇に手を振ったら、袖の中にある勘太郎の頭が、左右へぐらぐら靡いた。仕舞に苦しがって袖の中から、おれの二の腕へ食い付いた。痛かったから勘太郎を垣根へ押しつけて置いて、足搦をかけて向へ倒してやった。山城屋の地面は菜園より六尺がた低い。勘太郎は四つ目垣を半分崩して、自分の領分へ真逆様に落ちて、ぐうと云った。勘太郎が落ちるときに、おれの袷の片袖がもげて、急に手が自由になった。其晩母が山城屋に詫びに行った序でに袷の片袖も取り返して来た。

單字加油站　聊か／稍微　脊戸／後門　質屋／當鋪　忰／小崽子　四つ目の垣根／井字格狀的竹籬笆　年上／年長　鉢／頭蓋骨　拍子／態勢，動作　足搦／絆倒　真逆様／倒栽蔥　詫び／道歉、賠禮

👉 中日朗讀

第１章 栗の木と質屋の息子（栗樹與當舖的兒子）

- 庭を東へ二十歩に行き尽すと、南上がりに聊か許りの菜園があって、真中に栗の木が一本立って居る。

  從我們家院子往東大約走個20來步，就到了盡頭。盡頭南邊的坡上有一片小菜園，菜園中央種著一棵栗子樹。

- 是れは命より大事な栗だ。

  這棵栗子樹對我來說，那可是比我的命還要金貴。

- 実の熟する時分は起き抜けに脊戸を出て落ちた奴を拾ってきて、学校で食う。

  每到栗子成熟的時候，我早上一起床，就從後門溜出去，撿起那些掉在地上的栗子，帶到學校當零嘴兒。

- 菜園の西側が山城屋と云う質屋の庭続きで、此質屋に勘太郎という十三四の倅が居た。

  菜園的西側和一家叫「山城屋」當舖的院子挨著，這家當舖裡有個13、4歲的半大小子，名叫勘太郎。

- 勘太郎は無論弱虫である。

  這勘太郎自然是個膽小如鼠的傢伙。

- 弱虫の癖に四つ目の垣根を乗りこえて、栗を盗みにくる。

  但膽小歸膽小，這小子偷栗子的時候，倒是膽大包天，敢翻過井字竹籬笆，跑到我們家菜園裡來偷栗子。

- ある日の夕方折戸の蔭に隠れて、とうとう勘太郎を捕まえてやった。

有一天傍晚，我貓在折疊門後的陰影裡，終於把那個來偷栗子的勘太郎逮個正著。

- 其時勘太郎は逃げ路を失って、一生懸命に飛びかゝって来た。

那時勘太郎眼看跑不掉了，居然拼了命地朝我撲過來。

- 向うは二つ許り年上である。

那傢伙比我大兩歲。

- 弱虫だが力は強い。

平時蔫不拉唧的，關鍵時刻倒還挺有股蠻勁兒。

- 鉢の開いた頭を、こっちの胸へ宛てゝぐいぐい押した拍子に、勘太郎の頭がすべって、おれの袷の袖の中に這入った。

他猛地用光禿禿的腦袋對著我胸口撞過來，一步步逼近。突然，他腳下一滑，整腦袋居然鑽進了我夾襖的袖筒裡。

- 邪魔になって手が使えぬから、無闇に手を振ったら、袖の中にある勘太郎の頭が、左右へぐらぐら靡いた。

我的手臂被他的頭卡住，動彈不得，只能拼命甩手臂，結果勘太郎的腦袋跟著左右晃悠。

第 1 章 栗の木と質屋の息子（栗樹與當鋪的兒子）

- 仕舞に苦しがって袖の中から、おれの二の腕へ食い付いた。

    後來他實在忍無可忍，在袖筒裡狠狠地咬住了我的手臂。

- 痛かったから勘太郎を垣根へ押しつけて置いて、足搦をかけて向へ倒してやった。

    我痛得齜牙咧嘴，把勘太郎一路推到竹籬笆跟前，腳下使勁一勾，他被我一把撂倒，直接摔在了他家院子那頭。

- 山城屋の地面は菜園より六尺がた低い。

    由於「山城屋」院子的地勢比我們家菜園低了有6尺高。

- 勘太郎は四つ目垣を半分崩して、自分の領分へ真逆様に落ちて、ぐうと云った。

    勘太郎倒下去的時候直接把半邊的井字竹籬笆給壓塌了。他痛苦地大叫一聲「啊」，一個倒栽蔥，腦袋朝下摔進了自家地界。

- 勘太郎が落ちるときに、おれの袷の片袖がもげて、急に手が自由になった。

    勘太郎摔下去的那會兒，順手一拽，把我夾襖的一隻袖子給扯掉了，這下我的胳膊頓時獲得了自由。

- 其晩母が山城屋に詫びに行った序に袷の片袖も取り返して来た。

    那天晚上，我老媽硬著頭皮跑到山城屋跟人家賠禮道歉，順便把那只袖筒子給要了回來。

019

2

Track 04

此外いたづらは大分やった。大工の兼公と肴屋の角をつれて、茂作の人参畠をあらした事がある。人参の芽が出揃わぬ処へ藁が一面に敷いてあったから、其上で三人が半日相撲をとりつづけに取ったら、人参がみんな踏みつぶされて仕舞った。古川の持っている田圃の井戸を埋めて尻を持ち込まれた事もある。太い孟宗の節を抜いて、深く埋めた中から水が沸き出て、そこいらの稲に水がかゝる仕掛であった。其時分はどんな仕掛か知らぬから、石や棒ちぎれをぎゅうぎゅう井戸の中へ插し込んで、水が出なくなったのを見届けて、うちへ帰って飯を食って居たら、古川が真赤になって怒鳴り込んで来た。慥か罰金を出して済んだ様である。

單字加油站 いたづら／惡作劇　人参／胡蘿蔔　藁／稻草　田圃／水田　尻を持ち込む／追究責任　仕掛／裝置・機關　怒鳴る／怒斥

☞ 中日朗讀

◆ 此外いたづらは大分やった。

說起我捅過的簍子，可不只這些呢。

◆ 大工の兼公と肴屋の角をつれて、茂作の人参畠をあらした事がある。

有一次，我帶著木匠家的兼公和魚鋪的阿角，把茂作家的胡蘿蔔地糟蹋得一塌糊塗。

第 1 章 栗の木と質屋の息子（栗樹與當鋪的兒子）

◆ 人参の芽が出揃わぬ処へ藁が一面に敷いてあったから、其上で三人が半日相撲をとりつづけに取ったら、人参がみんな踏みつぶされて仕舞った。

那胡蘿蔔苗還沒長全的地方，上面鋪著一層稻草。我們3人就在那上面摔起了相撲，還玩了大半天滿頭大汗的。結果，下面的胡蘿蔔全被我們踩成了胡蘿蔔泥，真是看得人心疼得牙根兒都癢。

◆ 古川の持っている田圃の井戸を埋めて尻を持ち込まれた事もある。

另外一次，我做了一件讓人哭笑不得的事，把古川家田地裡的井給堵死了。搞得人家氣勢洶洶地找上門興師問罪。

◆ 太い孟宗の節を抜いて、深く埋めた中から水が沸き出て、そこいらの稲に水がかゝる仕掛であった。

那井其實是用一根粗孟宗竹，打通內側的竹節，深埋在地下引水灌溉水稻的機關。

◆ 其時分はどんな仕掛か知らぬから、石や棒ちぎれをぎゅうぎゅう井戸の中へ挿し込んで、水が出なくなったのを見届けて、うちへ帰って飯を食って居たら、古川が真赤になって怒鳴り込んで来た。

當時我壓根不知道這是個啥，只顧著撿石頭、木棒拼命往裡塞，直到確定水不再冒出來才心滿意足地回家吃飯。結果飯剛端到嘴邊，古川就臉紅脖子粗地，破口大罵闖進我家。

◆ 慥か罰金を出して済んだ様である。

好像最後還是賠了錢才平息這事。

第一章

3. 家族の不和と母の死
（家庭不睦與母親的去世）

1　Track 05

おやじは些ともおれを可愛がって呉なかった。母は兄許り贔負にして居た。此兄はやに色が白くって、芝居の真似をして女形になるのが好きだった。おれを見る度にこいつはどうせ碌なものにならないと、おやじが云った。乱暴で乱暴で行く先が案じられると母が云った。成程碌なものにはならない。御覧の通りの始末である。行く先が案じられたのも無理はない。只懲役に行かないで生きて居る許りである。

單字加油站　可愛がる／寵愛　芝居／戲劇　真似／模仿　女形／女角　乱暴／粗暴　行く先／未來　碌／成器　始末／局面　懲役／刑罰

👉 中日朗讀

◆ おやじは些ともおれを可愛がって呉なかった。
　在家裡，我爸對我一點兒也不上心。

◆ 母は兄許り贔負にして居た。
　我媽只知道要護我哥。

◆ 此兄はやに色が白くって、芝居の真似をして女形になるのが好きだった。
　我哥那細皮白肉的樣子，成天學戲，特別愛男扮女裝演花旦。

第 1 章 家族の不和と母の死（家庭不睦與母親的去世）

- おれを見る度にこいつはどうせ碌なものにならないと、おやじが云った。

  老爸每次看見我就搖頭嘆息，罵上一句：「你這小子注定沒什麼前途了。」

- 乱暴で乱暴で行く先が案じられると母が云った。

  老媽更是一臉愁容：「這目無法紀的，以後可咋辦呀？」

- 成程碌なものにはならない。

  看來我真的沒啥大出息。

- 御覧の通りの始末である。

  反正就這德行了。

- 行く先が案じられたのも無理はない。

  大家擔心我的前途也不冤枉。

- 只懲役に行かないで生きて居る許りである。

  我這輩子只求不進大牢就算燒高香了。

023

2

Track 06

母が病気で死ぬ二三日前台所で宙返りをしてへっついの角で肋骨を撲って大に痛かった。母が大層怒って、御前の様なものの顔は見たくないと云うから、親類へ泊まりに行って居た。するととうとう死んだと云う報知が来た。そう早く死ぬとは思わなかった。そんな大病なら、もう少し大人しくすればよかったと思って帰って来た。そうしたら例の兄がおれを親不孝だ、おれの為めに、おっかさんが早く死んだんだと云った。口惜しかったから、兄の横っ面を張って大変叱られた。

單字加油站 宙返り／翻筋斗　肋骨／肋骨　親類／親戚　とうとう／最終　大人しい／乖順　親不孝／不孝子　横っ面／頰側，臉頰

☞ 中日朗讀

◆ 母が病気で死ぬ二三日前台所で宙返りをしてへっついの角で肋骨を撲って大に痛かった。

就我媽病逝前的兩三天吧，我在廚房裡不知發什麼瘋，翻了個筋斗，結果肋骨狠狠撞上了爐台角，疼得我眼前直發黑。

◆ 母が大層怒って、御前の様なものの顔は見たくないと云うから、親類へ泊まりに行って居た。

我媽一看，氣得七竅生煙，怒吼道：「你這個不省心的孽障，我一刻也不想再見到你！」於是我被趕到了親戚家住。

◆ するととうとう死んだと云う報知が来た。

但沒多久，我媽去世的噩耗就傳來了。

第1章 家族の不和と母の死（家庭不睦與母親的去世）

- そう早く死ぬとは思わなかった。

  我真沒料到她會這麼快就撒手人寰。

- そんな大病なら、もう少し大人しくすればよかったと思って帰って来た。

  要是早知道她病情這麼嚴重，我應該更老實點，不再瞎折騰。我心裡滿是後悔和愧疚，回到了家。

- そうしたら例の兄がおれを親不孝だ、おれの為めに、おっかさんが早く死んだんだと云った。

  誰料到，我哥竟指責我是個不孝子，還說我害得我媽這麼早就走了。

- 口惜しかったから、兄の横っ面を張って大変叱られた。

  這話聽得我心裡直冒鬱火，忍不住扇了他一個大耳刮子。結果可好，我爸看見了，一頓劈頭蓋臉的臭罵又落到我頭上。

3

Track 07

母が死んでからは、おやじと兄と三人で暮らして居た。おやじは何もせぬ男で、人の顔さえ見れば貴様は駄目だ駄目だと口癖の様に云って居た。何が駄目なんだか今に分らない。妙なおやじが有ったもんだ。兄は実業家になるとか云って頻りに英語を勉強して居た。元来女の様な性分で、ずるいから、仲がよくなかった。十日に一遍位の割で喧嘩をして居た。ある時将棋をさしたら卑怯な待駒をし

て、人が困ると嬉しそうに冷やかした。あんまり腹が立ったから、手に在った飛車を眉間へ擲きつけてやった。眉間が割れて少々血が出た。兄がおやじに言付けた。おやじがおれを勘当すると言い出した。

單字加油站 口癖／口頭禪　頻り／頻繁　性分／性格,性情　割／頻率　卑怯／卑劣　待駒／伏兵（將棋中,在對方王將逃跑途中先配置的棋）　言付ける／告狀,打小報告　勘当／斷絕關係

👉 中日朗讀

◆ 母が死んでからは、おやじと兄と三人で暮らして居た。

我媽走了之後,我們家就剩下我、老爸和哥哥3人過日子。

◆ おやじは何もせぬ男で、人の顔さえ見れば貴様は駄目だ駄目だと口癖の様に云って居た。

我爸是個什麼都不幹的主兒,一見到我就開始嘟囔:「你這小子沒救了。沒救了。」這話幾乎成了他的口頭禪,天天掛在嘴邊念。

◆ 何が駄目なんだか今に分らない。

到底哪裡沒救了,我現在也搞不清楚。

◆ 妙なおやじが有ったもんだ。

怎麼就攤到這麼個莫名其妙的老爸呢!

◆ 兄は実業家になるとか云って頻りに英語を勉強して居た。

我那哥哥成天做著成為企業家的白日夢,天天埋在英語書裡猛啃,真是逗。

👉 中日朗讀

◆ 元来女の様な性分で、ずるいから、仲がよくなかった。

他本來就像個娘們兒,心眼兒多還狡猾,所以我們一直處得很糟。

◆ 十日に一遍位の割で喧嘩をして居た。

差不多每隔10天就要大幹一架,鬧得雞飛狗跳。

◆ ある時将棋をさしたら卑怯な待駒をして、人が困ると嬉しそうに冷やかした。

有一回我們下象棋,他用了一招卑鄙的伏擊黑手,看我陷入困境,還幸災樂禍地嘲笑我。

◆ あんまり腹が立ったから、手に在った飛車を眉間へ擲きつけてやった。

我一時怒火中燒,直接把手中捏著的「飛車」狠狠地砸在他的眉心上。

◆ 眉間が割れて少々血が出た。

他的眉心被砸出了一道裂口,滲出了點血。

◆ 兄がおやじに言付けた。

哥哥馬上跑去找老爸告狀。

◆ おやじがおれを勘当すると言い出した。

老爸不問三七二十一,直接放話要把我逐出家門,斷絕父子關係。

第1章 家族の不和と母の死(家庭不睦與母親的去世)

027

坊ちゃん - 読解問題　第一章 3. 家族の不和と母の死
（家庭不睦與母親的去世）

読解力鍛えよう！感動しよう！会話や心の中の言葉、行動から気持ちを読み取ろう！
次の文章を読んで、あとの問題に答えなさい。

> 母が病気で死ぬ二三日前台所で宙返りをしてへっついの角で肋骨を撲って大に痛かった。母が大層怒って、御前の様なものの顔は見たくないと云うから、親類へ泊まりに行って居た。するととうとう死んだと云う報知が来た。そう早く死ぬとは思わなかった。そんな大病なら、もう少し大人しくすればよかったと思って帰って来た。そうしたら例の兄がおれを親不孝だ、おれの為めに、おっかさんが早く死んだんだと云った。口惜しかったから、兄の横っ面を張って大変叱られた。

問題1 文章の中「そう早く死ぬとは思わなかった」とありますが、なぜ主人公はこのように感じたのですか。最も適切なものを次の中から選びなさい。

1. 主人公は母の病気がそれほど重いとは思っていなかったから。
2. 主人公は母が自分を怒っていただけだと思っていたから。
3. 主人公は母が早く死ぬことに対して無関心だったから。
4. 主人公は母の病気に対して無知だったから。

▲ 解説：

文中には「そう早く死ぬとは思わなかった。」と記述されており、これは主人公が母の病気がそれほど重いとは思っていなかったことを示しています。さらに、「そんな大病なら、もう少し大人しくすればよかった」と続いていることから、主人公は母親が病気であることは知っていましたが、その病気が重篤であることを理解していなかったことがわかります。これにより、母が早く亡くなることを予想していなかったのです。

2. 主人公が母が自分を怒っていただけだと思っていたかどうかは文中に明確には記述されていません。母が病気であることは知っていたが、その重さを理解していなかったため、早く死ぬとは思っていなかったのです。

3. 主人公は母が早く死ぬことに無関心だったわけではありません。母の死を聞いて驚いていることから、無関心ではないことが分かります。

4. これも一部正しいかもしれませんが、文中には特に「病気に対して無知だった」とは記述されていません。病気の重さを理解していなかったことが主因です。

解答：　1.主人公は母の病気がそれほど重いとは思っていなかったから。

提升閱讀理解力！讓我們感動！讓我們從對話、內心獨白與行動中探尋人物的情感吧！
請閱讀以下文章，並回答問題。

> 就我媽病逝前的兩、三天吧，我在廚房裡不知發什麼瘋，翻了個筋斗，結果肋骨狠狠撞上了爐台角，疼得我眼前直發黑。我媽一看，氣得七竅生煙，怒吼道：「你這個不省心的孽障，我一刻也不想再見到你！」於是我被趕到了親戚家住。但沒多久，我媽去世的噩耗就傳來了。我真沒料到她會這麼快就撒手人寰。要是早知道她病情這麼嚴重，我應該更老實點，不再瞎折騰。我心裡滿是後悔和愧疚，回到了家。誰料到，我哥竟指責我是個不孝子，還說我害得我媽這麼早就走了。這話聽得我心裡直冒鬱火，忍不住扇了他一個大耳刮子。結果可好，我爸看見了，一頓劈頭蓋臉的臭罵又落到我頭上。

第1章 読解問題　家族の不和と母の死

問題1 文章中提到「真沒想到她會這麼快離世」，為什麼主人公會這樣感覺？請選擇最適合的答案。

1 主人公認為母親的病情不嚴重。
2 主人公認為母親只是在生自己的氣。
3 主人公對母親的早逝無動於衷。
4 主人公對母親的病情一無所知。

▲ **解釋：**

文中提到「真沒想到她會這麼快離世」，這表明主人公未認為母親的病情如此嚴重。隨後寫道「若早知她病得如此嚴重，我定會乖巧些」，這表明主人公雖知母親生病，但未充分理解其病情的嚴重性，因此未能預料母親會早逝。

2. 文中未明確記述主人公是否認為母親僅僅是在生自己的氣。主人公知道母親生病，但未理解其嚴重性，因此未預料母親會早逝。

3. 主人公並非對母親的早逝無動於衷。主人公聽到母親去世的消息後感到驚訝，表明他並非無動於衷。

4. 雖有部分道理，但文中重點在於主人公低估了病情的嚴重性，並非完全無知。

解答：　1. 主人公認為母親的病情不嚴重。

坊ちゃん - 読解問題

問題2 小説の中「口惜しかったから、兄の横っ面を張って大変叱られた」とありますが、なぜ主人公は兄の横っ面を張ったのですか。最も適切なものを次の中から選びなさい。

1. 兄が母の死を主人公のせいにしたことに対する反発。
2. 兄が主人公を常にいじめていたことへの怒り。
3. 兄が主人公の行動を誤解していたから。
4. 兄が母の遺産を独り占めしようとしていたから。

▲ 解説：

文の中には「そうしたら例の兄がおれを親不孝だ、おれの為めに、おっかさんが早く死んだんだと云った。口惜しかったから、兄の横っ面を張って大変叱られた。」と記述されています。これにより、主人公が兄の言葉に対して強い反発を感じ、怒りを覚えたことがわかります。兄が母の死を主人公のせいにしたため、主人公はその非難に対して反発し、怒りを爆発させたのです。

2. 文の中には兄が主人公を常にいじめていたという記述はありません。母の死を主人公のせいにしたことが主な理由です。

3. 兄が主人公の行動を誤解していたかもしれませんが、それが主人公の反発の主な理由ではありません。

4. 兄が母の遺産を独り占めしようとしていたという記述は文中にありません。

解答： 1.兄が母の死を主人公のせいにしたことに対する反発。

覚えよう！言葉の意味！

1. 宙返り（ちゅうがえり）：空中で体を回転させる動作。またはそのような運動技術。
2. 撲つ（うつ）：強く叩くこと。打撃を加えること。
3. 肋骨（あばらぼね）：胸郭を形成する骨で、肺や心臓などの内臓を保護する。
4. 報知（しらせ）：知らせること。特に重要な情報やニュースを伝えること。
5. 親類（しんるい）：血縁や婚姻によってつながっている親戚や親族。
6. 親不孝（おやふこう）：親に対して感謝や尊敬を欠く行為。親を悲しませる行動。

第 1 章 読解問題

家族の不和と母の死

問題 2 小説中提到「我一氣之下，扇了哥哥一耳光，被父親劈頭蓋臉地臭罵了一頓」，為什麼主人公要打哥哥耳光呢？請選擇最適合的答案。

1. 反抗兄長將母親的死歸咎於他。
2. 憤怒於兄長常常欺負他。
3. 因兄長誤解了他的行為。
4. 因兄長想獨佔母親的遺產。

▲ **解釋：**

文中提到「兄長指責我説：『你真是不孝之子，母親就是因為你才這麼早就走的』我一氣之下，扇了哥哥一耳光，被父親劈頭蓋臉地臭罵了一頓」，這顯示主人公因為兄長將母親的死歸咎於他而感到憤怒，進而動手打人。

2. 文中沒有提到兄長經常欺負主人公，主要是兄長將母親的死歸咎於主人公。

3. 兄長的指責是主因，但並非因為誤解主人公的行為。

4. 文中沒有提到兄長想獨佔遺產。

解答： 1. 反抗兄長將母親的死歸咎於他。

學習！詞語的意義！

1. 宙返り（ちゅうがえり）：空中翻轉的動作，或是這樣的運動技術。
2. 撲つ（うつ）：用力打擊或敲打。
3. 肋骨（あばらぼね）：構成胸腔的骨骼，用來保護肺和心臟等內臟。
4. 報知（しらせ）：通知，尤其是傳達重要信息或新聞。
5. 親類（しんるい）：由血緣或婚姻關係連結的親戚或親族。
6. 親不孝（おやふこう）：對父母缺乏感恩或尊敬的行為，使父母傷心的行為。

第一章 4. 下女・清との絆
（與女傭阿清婆的情誼）

1

Track 08

其時はもう仕方がないと観念して先方の云う通り勘当される積もりで居たら、十年来召し使って居る清と云う下女が、泣きながらおやじに詫まって、漸くおやじの怒りが解けた。それにも関らずあまりおやじを怖いとは思わなかった。却って此清と云う下女に気の毒であった。此下女はもと由緒のあるものだったそうだが、瓦解のときに零落して、つい奉公迄する様になったのだと聞いて居る。だから婆さんである。此婆さんがどう云う因縁か、おれを非常に可愛がって呉れた。不思議なものである。母も死ぬ三日前に愛想をつかした――おやじも年中持て余している――町内では乱暴者の悪太郎と爪弾きをする――此おれを無暗に珍重してくれた。おれは到底人に好かれる性ではないとあきらめて居たから、他人から木の端の様に取り扱われるのは何とも思わない、却って此清の様にちやほやしてくれるのを不審に考えた。清は時々台所で人の居ない時に「あなたは真っ直ぐでよい御気性だ」と賞める事が時々あった。然しおれには清の云う意味が分からなかった。好い気性なら清以外のものも、もう少し善くしてくれるだろうと思った。清がこんな事を云う度におれは御世辞は嫌だと答えるのが常であった。すると婆さんは夫だから好い御気性ですと云っては、嬉しそうにおれの顔を眺めて居る。自分の力でおれを製造して誇っている様に見える。少々気味がわるかった。

> **單字加油站** 観念／死心　気の毒／感到心疼　由緒／來歷　瓦解／崩潰　奉公／做幫傭　無暗／過度,過分　不審／疑惑　気性／脾性　御世辞／奉承　気味がわるい／令人不安

☞ 中日朗讀

◆ 其時はもう仕方がないと観念して先方の云う通り勘当される積もりで居たら、十年来召し使って居る清と云う下女が、泣きながらおやじに詫まって、漸くおやじの怒りが解けた。

當時我已徹底絕望，心想：「斷絕關係就斷吧，有啥好怕的。」誰知道，服侍我們家10年的女傭名叫阿清，一聽到這事兒，哭得稀里嘩啦，鼻涕眼淚一起流，在我爸面前替我說情。這才終於平息了老爸那滔天的怒火。

◆ それにも関らずあまりおやじを怖いとは思わなかった。

即便如此，我還是沒覺得我爸有多可怕。

◆ 却って此清と云う下女に気の毒であった。

只覺得對這個叫阿清的女傭感到很過意不去。

◆ 此下女はもと由緒のあるものだったそうだが、瓦解のときに零落して、つい奉公迄する様になったのだと聞いて居る。

聽說這女傭以前也是挺有來歷的，只是明治維新後，世道變了，家道中落，才無奈淪落到我家當幫傭。

第 1 章　下女・清との絆（與女傭阿清婆的情誼）

- だから婆さんである。

因此，那時她也上了年紀。

- 此婆さんがどう云う因縁か、おれを非常に可愛がって呉れた。

不知道為啥，這位老女傭對我特別關心。

- 不思議なものである。

真是件讓人摸不著頭緒的事。

- 母も死ぬ三日前に愛想をつかした。

母親臨走前3天，對我徹底死心了。

- おやじも年中持て余している。

我爸一年到頭都對我無可奈何。

- 町内では乱暴者の悪太郎と爪弾きをする。

在街坊鄰居眼裡，我就是個專門惹事的小霸王，大家見了都避著走。

- 此おれを無暗に珍重してくれた。

只有阿清婆把我當成寶貝疙瘩。

第 1 章 下女・清との絆（與女傭阿清婆的情誼）

- おれは到底人に好かれる性ではないとあきらめて居たから、他人から木の端の様に取り扱われるのは何とも思わない、却って此清の様にちやほやしてくれるのを不審に考えた。

我早就看開了，知道自己這脾氣不討人喜歡，別人把我當廢物不搭理，我也不在意。反倒是阿清婆這樣寵我，讓我真是百思不得其解。

- 清は時々台所で人の居ない時に「あなたは真っ直ぐでよい御気性だ」と賞める事が時々あった。

阿清婆有時候在廚房裡，左右沒人時，總會誇我幾句：「你這性子真是坦坦蕩蕩，心地純潔。」

- 然しおれには清の云う意味が分からなかった。

阿清婆這麼誇我，可惜我壓根兒不懂她是什麼意思。

- 好い気性なら清以外のものも、もう少し善くしてくれるだろうと思った。

要是真心好，別人也該對我友善點兒啊，不至於就她一個人對我好。

- 清がこんな事を云う度におれは御世辞は嫌だと答えるのが常であった。

於是，每次阿清婆這麼誇我，我就回她：「別拍馬屁了，我不吃這套。」

035

◆ すると婆さんは夫だから好い御気性ですと云っては、嬉しそうにおれの顔を眺めて居る。

阿清婆聽了，總是樂呵呵地接著說：「正因為這樣，才說明你心好嘛。」說完，還笑瞇瞇地端詳我。

◆ 自分の力でおれを製造して誇っている様に見える。

那副自豪的表情，好像我是她親手「打造」出來的似的。

◆ 少々気味がわるかった。

這讓我有點兒後脊梁發冷。

2

Track 09

母が死んでから愈おれを可愛がった。時々は小供心になぜあんなに可愛がるのかと不審に思った。つまらない、廃せばいゝのにと思った。気の毒だと思った。夫でも清は可愛がる。折折は自分の小遣で金鍔や紅梅焼を買ってくれる。寒い夜などはひそかに蕎麦粉を仕入れて置いて、いつの間にか寐て居る枕元へ蕎麦湯を持って来てくれる。時には鍋焼饂飩さえ買ってくれた。只食い物許りではない。靴足袋ももらった。鉛筆も貰った。帳面も貰った。是はずっと後の事であるが金を三円許り貸してくれた事さえある。何も貸せと云った訳ではない。向で部屋へ持って来て御小遣がなくて御困りでしょう、御使いなさいと云って呉れたんだ。おれは無論入らないと云ったが、是非使えと云うから、借りて置いた。実は大変嬉しかった。其三円を蝦蟇口へ入れて、懐へ入れたなり便所へ行ったら、す

第1章 下女・清との絆（與女傭阿清婆的情誼）

ぽりと後架の中へ落して仕舞った。仕方がないから、のそのそ出て来て実は是々だと清に話した所が、清は早速竹の棒を捜して来て、取って上げますと云った。しばらくすると井戸端でざあざあ音がするから、出て見たら竹の先へ蝦蟇口の紐を引き懸けたのを水で洗って居た。夫から口をあけて壱円札を改めたら茶色になって模様が消えかゝって居た。清は火鉢で乾かして、是でいゝでしょうと出した。一寸かいで見て臭いやと云ったら、それじゃ御出しなさい、取り換えて来て上げますからと、どこでどう胡魔化したか札の代わりに銀貨を三円持って来た。此三円は何に使ったか忘れて仕舞った。今に返すよと云ったぎり、返さない。今となっては十倍にして返してやりたくても返せない。

單字加油站 愈／愈發　折折／時常　小遣／零用錢　金鍔／長方形的小豆餡點心　紅梅焼／梅花煎餅　仕入れる／購買　靴足袋／分趾襪　帳面／筆記本　蝦蟇口／錢袋　懐／懐中　火鉢／火盆　胡魔化す／巧妙應付

👉 中日朗讀

◆ 母が死んでから愈おれを可愛がった。

老媽走了之後，她對我更是關愛有加。

◆ 時々は小供心になぜあんなに可愛がるのかと不審に思った。

那時候我還小，不懂什麼人情冷暖，但有時我也犯嘀咕，她怎麼就這麼疼我這個小淘氣鬼。

037

- つまらない、廃（よ）せばいゝのにと思った。

真是無聊透頂，我倒寧願她別這麼寵我。

- 気（き）の毒（どく）だと思（おも）った。

不過我又覺得她怪可憐的。

- 夫（それ）でも清（きよ）は可愛（かわい）がる。

不管我心裡怎麼琢磨，阿清婆對我那可是掏心掏肺的好。

- 折折（おりおり）は自分（じぶん）の小遣（こづかい）で金鍔（きんつば）や紅梅焼（こうばいやき）を買（か）ってくれる。

時不時還從自己的私房錢摳出幾個銅板，買些金錠豆餡點心和紅梅燒給我。

- 寒（さむ）い夜（よる）などはひそかに蕎麦粉（そばこ）を仕入（しい）れて置いて、いつの間にか寐（ね）て居る枕元（まくらもと）へ蕎麦湯（そばゆ）を持（も）って来（き）てくれる。

冬天裡，她會偷偷地備好蕎麥粉，碰上冷得直打哆嗦的夜晚，她就像貓兒似的，把熱呼呼的蕎麥湯端到我枕邊。

- 時（とき）には鍋焼饂飩（なべやきうどん）さえ買（か）ってくれた。

有時候還會破費買砂鍋烏龍麵給我吃。

- 只食（ただく）い物許（ものばか）りではない。

阿清婆不光給我買吃的。

038

第 1 章 下女・清との絆（與女傭阿清婆的情誼）

- 靴足袋ももらった。鉛筆も貰った。帳面も貰った。

  還給我買襪子、鉛筆、筆記本，啥都給我準備得妥妥當當。

- 是はずっと後の事であるが金を三円許り貸してくれた事さえある。

  有一次，她竟然借給我 3 塊大洋，不過這是許多年後的事了。

- 何も貸せと云った訳ではない。

  當時我壓根兒沒開口跟她借錢。

- 向で部屋へ持って来て御小遣がなくて御困りでしょう、御使いなさいと云って呉れたんだ。

  是她自個兒跑到我房間，眉頭一皺說：「你這小窮鬼，連個零用錢都沒有，真是難為你了，這點錢你就帶著吧。」說完，也不管我同不同意，就硬塞給我 3 塊大洋。

- おれは無論入らないと云ったが、是非使えと云うから、借りて置いた。

  我當然拒絕了，但她硬是逼我收下。沒辦法，我只好說當作是借的。

- 実は大変嬉しかった。

  坦白講，我當時心裡樂開了花。

- 其三円を蝦蟇口へ入れて、懐へ入れたなり便所へ行ったら、すぽりと後架の中へ落して仕舞った。

我把那3塊大洋小心翼翼地放進小錢袋，然後揣進懷裡就去上廁所了。結果「撲通」一聲，小錢袋掉進了糞坑。

- 仕方がないから、のそのそ出て来て実は是々だと清に話した所が、清は早速竹の棒を捜して来て、取って上げますと云った。

無奈之下，我只好垂頭喪氣地從廁所出來，老老實實地把事情告訴阿清婆。她聽了也不惱，立刻拿來一根竹竿，說：「瞧我的，我一定給你撈出來。」

- しばらくすると井戸端でざあざあ音がするから、出て見たら竹の先へ蝦蟇口の紐を引き懸けたのを水で洗って居た。

一會兒，井邊傳來嘩啦嘩啦的水聲。我跑出來一看，阿清婆正用水沖洗那竹竿尾勾住繩子的小錢袋呢。

- 夫から口をあけて壱円札を改めたら茶色になって模様が消えかゝって居た。

洗完後，她立刻打開錢袋，檢查那幾張紙鈔，只見變成了茶色，花紋也褪得快看不見了。

- 清は火鉢で乾かして、是でいゝでしょうと出した。

阿清婆用火盆把它烤乾，然後說：「這下搞定了吧。」，便遞給了我。

第1章 下女・清との絆（與女傭阿清婆的情誼）

- 一寸かいで見て臭いやと云ったら、それじゃ御出しなさい、取り換えて来て上げますからと、どこでどう胡魔化したか札の代わりに銀貨を三円持って来た。

我靠近一聞，皺著鼻子說：「太臭了。」阿清婆笑著說：「那你給我，我去幫你換。」誰知她用了什麼鬼點子，居然把那3張臭烘烘的紙票換回了3枚銀光閃閃的銀幣。

- 此三円は何に使ったか忘れて仕舞った。

這3枚銀幣最後花在哪裡了，我早就一點兒印象都沒有了。

- 今に返すよと云ったぎり、返さない。

當時信誓旦旦地說「很快還你，放心」，現在卻一直欠著。

- 今となっては十倍にして返してやりたくても返せない。

眼下就算我想以10倍奉還，也找不著機會了。

3 Track 10

清が物を呉れる時には必ずおやじも兄も居ない時に限る。おれは何が嫌だと云って人に隠れて自分丈得をする程嫌な事はない。兄とは無論仲がよくないけれども、兄に隠して清から菓子や色鉛筆を貰いたくはない。なぜ、おれ一人に呉れて、兄さんには遣らないのかと清に聞く事がある。すると清は澄ましたもので御兄様は御父様が

041

買って御上げなさるから構いませんと云う。是は不公平である。おやじは頑固だけれども、そんな依怙贔負はせぬ男だ。然し清の眼から見るとそう見えるのだろう。全く愛に溺れて居たに違ない。元は身分のあるものでも教育のない婆さんだから仕方がない。単に是許ではない。贔負目は恐ろしいものだ。清はおれを以て将来立身出世して立派なものになると思い込んで居た。其癖勉強をする兄は色許り白くって、迚も役には立たないと一人できめて仕舞った。こんな婆さんに逢っては叶わない。自分の好きなものは必ずえらい人物になって、嫌なひとは屹度落ち振れるものと信じて居る。おれは其時から別段何になると云う了見もなかった。然し清がなるなると云うものだから、矢っ張り何かに成れるんだろうと思って居た。今から考えると馬鹿々々しい。ある時抔は清にどんなものになるだろうと聞いて見た事がある。所が清にも別段の考もなかった様だ。只手車へ乗って、立派な玄関のある家をこしらえるに相違ないと云った。

單字加油站 に限る／僅限　澄ます／心平氣和　依怙贔負／偏愛　身分／身世　贔負目／偏見　落ち振れる／落魄　別段／特別　手車／皇族或重臣乘坐的馬車或手拉人力車　こしらえる／建造　相違ない／必定

中日朗讀

◆ 清が物を呉れる時には必ずおやじも兄も居ない時に限る。

每次阿清婆給我東西，總是趁著老爸和我哥不在時偷偷塞給我。

◆ おれは何が嫌だと云って人に隠れて自分丈得をする程嫌な事はない。

可我特別討厭這種偷偷摸摸的獨享，心裡別提多彆扭了。

第 1 章 下女・清との絆（與女傭阿清婆的情誼）

◆ 兄とは無論仲がよくないけれども、兄に隠して清から菓子や色鉛筆を貰いたくはない。

儘管我和我哥不合，但也不想讓阿清婆背地裡單單給我零食或鉛筆。

◆ なぜ、おれ一人に呉れて、兄さんには遣らないのかと清に聞く事がある。

我曾問過阿清婆：「為什麼只給我，不給我哥？」

◆ すると清は澄ましたもので御兄様は御父様が買って御上げなさるから構いませんと云う。

阿清婆淡定得很，說：「你哥哥有你爸買東西給他，不用你操心。」

◆ 是は不公平である。

這話聽著就不公平。

◆ おやじは頑固だけれども、そんな依怙贔屓はせぬ男だ。

我老爸固執是固執，但他不偏心。

◆ 然し清の眼から見るとそう見えるのだろう。

但在阿清婆眼裡，我爸就是個偏心眼。

- 全く愛に溺れて居たに違ない。

  阿清婆顯然是被她對我那過分的疼愛，給沖昏了頭。

- 元は身分のあるものでも教育のない婆さんだから仕方がない。

  儘管她以前也算有些來頭，但畢竟是個沒上過學的老太太，這麼做也情有可原。

- 単に是許ではない。

  但這還不算完。

- 贔負目は恐ろしいものだ。

  她對我的偏愛程度，簡直到了讓人背脊發涼的地步。

- 清はおれを以て将来立身出世して立派なものになると思い込んで居た。

  阿清婆認定我將來一定能功成名就，成為了不起的人。

- 其癖勉強をする兄は色許り白くって、迚も役には立たないと一人できめて仕舞った。

  她私下對我那用功讀書的老哥嗤之以鼻，覺得他除了皮膚白淨，其他根本不頂用。

- こんな婆さんに逢っては叶わない。

  遇到這樣的老太太，真是沒辦法跟她講理。

第 1 章 下女・清との絆（與女傭阿清婆的情誼）

- 自分の好きなものは必ずえらい人物になって、嫌なひとは屹度落ち振れるものと信じて居る。

  她死心眼地相信，凡是她喜歡的人將來必定是大富大貴，出人頭地；而凡是她看不順眼的，注定是倒霉落魄，窮困潦倒。

- おれは其時から別段何になると云う了見もなかった。

  那會兒，我對未來沒啥特別的打算。

- 然し清がなるなると云うものだから、矢っ張り何かに成れるんだろうと思って居た。

  可阿清婆總說我會出人頭地，天天在耳邊念叨，念得我也開始琢磨，或許我真有可能成什麼大人物？

- 今から考えると馬鹿々々しい。

  現在想想，真是傻得冒泡。

- ある時抔は清にどんなものになるだろうと聞いて見た事がある。

  有一次，我忍不住問阿清婆：「我將來會成為什麼樣的大人物？」

- 所が清にも別段の考もなかった様だ。

  可她倒也沒個具體想法。

045

◆ 只手車へ乗って、立派な玄関のある家をこしらえるに相違ないと云った。

只是說：「你出入都是坐著馬車，住的地方那可是蓋得跟堂皇府第似的，有著氣派非凡的大門！」

4
Track 11

夫から清はおれがうちでも持って独立したら、一所になる気で居た。どうか置いて下さいと何遍も繰り返して頼んだ。おれも何だかうちが持てる様な気がして、うん置いてやると返事丈はして置いた。所が此女は中々想像の強い女で、あなたはどこが御好き、麹町ですか麻布ですか、御庭へぶらんこを御こしらえ遊ばせ、西洋間は一つで沢山です抔と勝手な計画を独りで並べて居た。其時は家なんか欲しくも何ともなかった、西洋館も日本建も全く不用であったから、そんなものは欲しくないと、いつでも清に答えた。すると、あなたは慾がすくなくって、心が奇麗だと云って又賞めた。清は何と云っても賞めてくれる。

單字加油站 繰り返す／反覆　ぶらんこ／鞦韆　西洋間／西式房間　勝手／隨意
西洋館／西式建築　日本建／日式建築

☞ 中日朗讀

◆ 夫から清はおれがうちでも持って独立したら、一所になる気で居た。

阿清婆還盤算著，等我安家落戶後，她也能跟我住一塊兒。

第 1 章 下女・清との絆（與女傭阿清婆的情誼）

- どうか置いて下さいと何遍も繰り返して頼んだ。

  她不知念叨了多少回苦苦哀求我：「務必讓我留下來！」

- おれも何だかうちが持てる様な気がして、うん置いてやると返事丈はして置いた。

  至於我，隨口敷衍她：「行行行，肯定留你的。」那口吻彷彿我已經家大業大了。

- 所が此女は中々想像の強い女で、あなたはどこが御好き、麹町ですか麻布ですか、御庭へぶらんこを御こしらえ遊ばせ、西洋間は一つで沢山です抔と勝手な計画を独りで並べて居た。

  誰知道，阿清婆的腦袋瓜子特別活泛，聽我這麼一說，立刻開始自顧自地描畫起來：「你說說，您喜歡哪裡？是住麹町呢，還是麻布？我們可以在院子裡裝個鞦韆架，一間洋房就足夠應付了。」

- 其時は家なんか欲しくも何ともなかった、西洋館も日本建も全く不用であったから、そんなものは欲しくないと、いつでも清に答えた。

  那時候，我對什麼有自己的家呀，真是一點興趣也沒有，什麼西洋館、日本建築的，聽了都頭痛。於是我老對阿清婆說：「我不稀罕那些玩意兒。」

- すると、あなたは慾がすくなくって、心が奇麗だと云って又賞めた。

  她倒好，笑著說：「你這人慾望少，心地善良啊！」又不忘順便捧我兩句。

047

- 清は何と云っても賞めてくれる。　　　無論我怎麼說,阿清婆總能找到理由誇我。

5　Track 12

母が死んでから五六年の間は此状態で暮らして居た。おやじには叱られる。兄とは喧嘩する。清には菓子を貰う、時々賞められる。別に望もない。是で沢山だと思って居た。ほかの小供も一概にこんなものだろうと思って居た。只清が何かにつけて、あなたは御可哀想だ、不仕合だと無暗に云うものだから、それじゃ可哀想で不仕合せなんだろうと思った。其外に苦になる事は少しもなかった。只おやじが小遣を呉れないには閉口した。

單字加油站　賞める／稱讚,讚美　　望／期望,抱負　　一概／同樣,大致　　閉口／受不了

👉 中日朗讀

- 母が死んでから五六年の間は此状態で暮らして居た。　　　我媽過世後的5、6年裡,我們就這麼過日子的。

- おやじには叱られる。　　　遭老爸數落。

- 兄とは喧嘩する。　　　和老哥沒事就幹架。

第 1 章 下女・清との絆（與女傭阿清婆的情誼）

◆ 清には菓子を貰う、時々賞められる。

阿清婆塞給我糖果吃，時不時還不忘誇我兩句。

◆ 別に望もない。

我也沒啥奢侈的念頭。

◆ 是で沢山だと思って居た。

覺得這樣的日子也能湊合著過。

◆ ほかの小供も一概にこんなものだろうと思って居た。

心裡意外，別人家的小孩估計也跟我一樣。

◆ 只清が何かにつけて、あなたは御可哀想だ、不仕合だと無暗に云うものだから、それじゃ可哀想で不仕合せなんだろうと思った。

只有阿清婆但凡瞧見我稍微攤上點事兒，就會沒來由地說：「你真可憐，太不幸啦。」搞得我還真覺得自己可能是天底下最可憐、最不幸的人了。

◆ 其外に苦になる事は少しもなかった。

除了這點，啥苦都沒嚐過。

◆ 只おやじが小遣を呉れないには閉口した。

只是老爸這鐵公雞一毛不拔，不給我零花錢，搞得我心裡直犯嘀咕。

049

第一章 5. 父の死と兄との別れ
（父親的去世與哥哥的分道揚鑣）

1
Track 13

　母が死んでから六年目の正月におやじも卒中で亡くなった。其年の四月におれはある私立の中学校を卒業する。六月に兄は商業学校を卒業した。兄は何とか会社の九州の支店に口があって行かなければならん。おれは東京でまだ学問をしなければならない。兄は家を売って財産を片付て任地へ出立すると云い出した。おれはどうでもするが宜かろうと返事をした。どうせ兄の厄介になる気はない。世話をしてくれるにした所で、喧嘩をするから、向でも何とか云い出すに極って居る。なまじい保護を受ければこそ、こんな兄に頭を下げなければならない。牛乳配達をしても食ってられると覚悟をした。兄は夫から道具屋を呼んで来て、先祖代々の瓦落多を二束三文に売った。家屋敷はある人の周旋である金満家に譲った。此方は大分金になった様だが、詳しい事は一向知らぬ。おれは一ケ月以前から、しばらく前途の方向のつく迄神田の小川町へ下宿して居た。清は十何年居たうちが人手に渡るのを大に残念がったが、自分のものでないから、仕様がなかった。あなたがもう少し年を取って入らっしゃれば、ここが御相続が出来ますものをとしきりに口説いて居た。もう少し年を取って相続が出来るものなら、今でも相続が出来る筈だ。婆さんは何も知らないから年さえ取れば兄の家がもらえると信じて居る。

單字加油站 卒中／腦溢血　任地／赴任地　出立／啟程　厄介／照顧　頭を下げる／屈服　道具屋／舊家具店，二手傢俱店　瓦落多／破銅爛鐵　周旋／介紹，牽線　譲る／賣給，轉讓　一向／完全　相続／繼承

👉 中日朗讀

◆ 母が死んでから六年目の正月におやじも卒中で亡くなった。	老媽去世後的第 6 個春節，老爸也因中風走了。
◆ 其年の四月におれはある私立の中学校を卒業する。	那年的 4 月，我畢業於一所私立中學。
◆ 六月に兄は商業学校を卒業した。	6 月，老哥從商業學校畢業。
◆ 兄は何とか会社の九州の支店に口があって行かなければならん。	在一個啥名字都記不住的公司九州支店撈了個差事，得搬到那邊去幹活兒。
◆ おれは東京でまだ学問をしなければならない。	至於我呢？還得老老實實留在東京繼續上學。
◆ 兄は家を売って財産を片付て任地へ出立すると云い出した。	我哥提議，要把家當全給變賣了，然後去九州上班。
◆ おれはどうでもするが宜かろうと返事をした。	我懶得理他怎麼折騰，說：「你愛咋折騰，就咋折騰吧。」

第 1 章　父の死と兄との別れ（父親的去世與哥哥的分道揚鑣）

051

◆ どうせ兄の厄介になる気はない。　　反正也沒打算靠他養活。

◆ 世話をしてくれるにした所で、喧嘩をするから、向でも何とか云い出すに極って居る。　　就算他有心照顧我，我們肯定還是得幹架，到時候少不了鬧得雞飛狗跳，各走各的路。

◆ なまじい保護を受ければこそ、こんな兄に頭を下げなければならない。　　要忍受他那彆彆扭扭的管束，還得在他面前矮半截，真是憋屈得慌。

◆ 牛乳配達をしても食ってられると覚悟をした。　　我早就打好主意了，送牛奶也能餬口度日，反正天塌不下來。

◆ 兄は夫から道具屋を呼んで来て、先祖代々の瓦落多を二束三文に売った。　　我哥隨後找了個舊貨商，把祖上留下的舊家具以2束3文的價格，全都賤價處理了。

◆ 家屋敷はある人の周旋である金満家に譲った。　　家宅則在一個中介的撮合下，賣給了一戶有錢人家。

第 1 章 父の死と兄との別れ（父親的去世與哥哥的分道揚鑣）

- 此方は大分金になった様だが、詳しい事は一向知らぬ。

  賣房子倒是賺了不少錢，但我對這裡面的彎彎繞繞是一點也不清楚。

- おれは一ケ月以前から、しばらく前途の方向のつく迄神田の小川町へ下宿して居た。

  一個月前，我暫時搬到了神田小川町的寄宿公寓，等以後有了準信兒再說下一步該咋整吧。

- 清は十何年居たうちが人手に渡るのを大に残念がったが、自分のものでないから、仕様がなかった。

  阿清婆對住了10幾年的老宅被賣掉，心疼得不得了，可惜房子又不是她的，她也只能唉聲嘆氣，乾瞪眼。

- あなたがもう少し年を取って入らっしゃれば、ここが御相続が出来ますものをとしきりに口説いて居た。

  她沒完沒了地跟我嘮叨：「您要是年紀再大點兒，這房子就歸您繼承了。」

- もう少し年を取って相続が出来るものなら、今でも相続が出来る筈だ。

  要是年紀再大些就能繼承，那現在早就拿下了呀。

- 婆さんは何も知らないから年さえ取れば兄の家がもらえると信じて居る。

  她真是沒搞清楚狀況，以為年紀一上來，就能順理成章地接管我哥的家產。

053

2

兄とおれは斯様に分れたが、困ったのは清の行く先である。兄は無論連れて行ける身分でなし、清も兄の尻にくっ付いて九州下り迄出掛ける気は毛頭なし、と云って此時のおれは四畳半の安下宿に籠って、夫すらもいざとなれば直ちに引き払わねばならぬ始末だ。どうする事も出来ん。清に聞いて見た。どこかへ奉公でもする気かねと云ったらあなたが御うちを持って、奥さまを御貰いになる迄は、仕方がないから、甥の厄介になりましょうと漸く決心した返事をした。此甥は裁判所の書記で先づ今日には差支なく暮して居たから、今迄も清に来るなら来いと二三度勧めたのだが、清は仮令下女奉公はしても年来住み馴れた家の方がいゝと云って応じなかった。然し今の場合知らぬ屋敷へ奉公易をして入らぬ気兼を仕直すより、甥の厄介になる方がましだと思ったのだろう。夫にしても早くうちを持ての、妻を貰えの、来て世話をするのと云う。親身の甥よりも他人のおれの方が好きなのだろう。

單字加油站 毛頭／絲毫　直ちに／立刻　引き払う／搬離　裁判所／法院　差支／障礙　仮令／即使　気兼／顧忌　仕直す／重新　親身／親屬

👉 中日朗讀

◆ 兄とおれは斯様に分れたが、困ったのは清の行く先である。

我和我哥就這麼各奔東西了，但最讓人搔頭的是阿清婆的安置。

第 1 章
父の死と兄との別れ
（父親的去世與哥哥的分道揚鑣）

- 兄は無論連れて行ける身分でなし、清も兄の尻にくっ付いて九州下り迄出掛ける気は毛頭なし、と云って此時のおれは四畳半の安下宿に籠って、夫すらもいざとなれば直ちに引き払わねばならぬ始末だ。

以我哥的地位來看，自然不可能帶上她，阿清婆也死活不願意尾隨我哥跑去九州。而我那時候，住在一個四疊半的小破宿舍，簡直像個鳥籠，隨時都有可能打包走人。

- どうする事も出来ん。

真是沒轍。

- 清に聞いて見た。

我問阿清婆她打算咋整。

- どこかへ奉公でもする気かねと云ったらあなたが御うちを持って、奥さまを御貰いになる迄は、仕方がないから、甥の厄介になりましょうと漸く決心した返事をした。

「你是不是考慮去別人家幫傭？」她終於下定決心，回答道：「等到您有了自己的大宅子，娶了媳婦之前，我只好先去投靠我那甥兒。」

- 此甥は裁判所の書記で先づ今日には差支なく暮して居たから、今迄も清に来るなら来いと二三度勧めたのだが、清は仮令下女奉公はしても年来住み馴れた家の方がいゝと云って応じなかった。

這個甥兒是法院的書記官，日子過得那叫一個滋潤。他以前也三番五次勸阿清婆搬去他那裡住，說：「立刻搬過來同住也沒啥問題。」但阿清婆總說：「在這兒雖然是幹下人的活，畢竟住得習慣，心裡踏實。」所以一直沒答應。

055

- 然し今の場合知らぬ屋敷へ奉公易をして入らぬ気兼を仕直すより、甥の厄介になる方がましだと思ったのだろう。

不過，這回阿清婆倒是想通了，與其去陌生人家裡幫傭，忍氣吞聲，還不如搬到她甥兒那裡去，安安心心地過日子呢。

- 夫にしても早くうちを持ての、妻を貰えの、来て世話をするのと云う。

哪怕這樣，她還是不停地催促我：「少爺您得趕緊蓋起自己的大宅子，娶個媳婦兒，好讓我回來伺候您。」

- 親身の甥よりも他人のおれの方が好きなのだろう。

看來，比起親甥兒，她對我這個外人還更上心呢。

3

Track 15

九州へ立つ二日前兄が下宿へ来て六百円出して是を資本にして商買をするなり、学資にして勉強するなり、どうでも随意に使うがいい、其代わりあとは構わないと云った。兄にしては感心なやり方だ。何の六百円位貰わんでも困りはせんと思ったが、例に似ぬ淡泊な処置が気に入ったから、礼を云って貰って置いた。兄は夫から五十円出して之を序に清に渡してくれと云ったから、異義なく引き受けた。二日立って新橋の停車場で分れたぎり兄には其後一遍も逢わない。

單字加油站 資本／資金　商買／經商　学資／學費　随意／隨心　感心／可敬　淡泊／淡然　異義／異議

第 1 章 父の死と兄との別れ（父親的去世與哥哥的分道揚鑣）

◆ 九州へ立つ二日前兄が下宿へ来て六百円出して是を資本にして商買をするなり、学資にして勉強するなり、どうでも随意に使うがいい、其代わりあとは構わないと云った。

離我哥動身九州還有兩天，他跑到我的小破宿舍，塞給我600塊大洋，說這錢做經商的資本也好，交學費繼續學習也行，你愛咋花咋花。不過，以後就別指望我再管你了。

◆ 兄にしては感心なやり方だ。

我哥這安排，算他有兩下子。

◆ 何の六百円位貰わんでも困りはせんと思ったが、例に似ぬ淡泊な処置が気に入ったから、礼を云って貰って置いた。

雖然我不拿這600塊也不至於餓死，但他這異乎尋常的豪爽態度，挺對我胃口，於是我笑納了，還道了個「謝謝」。

◆ 兄は夫から五十円出して之を序に清に渡してくれと云ったから、異義なく引き受けた。

接著，我哥又掏出50塊錢，說：「你順便把這錢給阿清吧。」我自然是一口答應，毫不客氣地接過了。

◆ 二日立って新橋の停車場で分れたぎり兄には其後一遍も逢わない。

兩天後，我們在新橋車站分了手，從此再也沒見過面。

4

Track 16

おれは六百円の使用法に就て寝ながら考えた。商買をしたって面倒くさくって旨く出来るものじゃなし、ことに六百円の金で商買らしい商買がやれる訳でもなかろう。よしやれるとしても、今の様じゃ人前へ出て教育を受けたと威張れないから詰り損になる許りだ。資本抔はどうでもいいから、これを学資にして勉強してやろう。六百円を三に割って一年に二百円宛使えば三年間は勉強が出来る。三年間一生懸命にやれば何か出来る。夫からどこの学校に這入ろうと考えたが、学問は生来どれもこれも好きでない。ことに語学とか文学とか云うものは真平御免だ。新体詩などと来ては二十行あるうちで一行も分らない。どうせ嫌なものなら何をやっても同じ事だと思ったが、幸い物理学校の前を通り掛かったら生徒募集の広告が出て居たから、何も縁だと思って規則書をもらってすぐ入学の手続きをして仕舞った。今考えると是も親譲りの無鉄砲から起った失策だ。

單字加油站 人前／大庭廣眾　威張る／自誇　生来／天生　真平／絕對不幹　失策／失算

👉 中日朗讀

◆ おれは六百円の使用法に就て寝ながら考えた。

我四仰八叉地躺在床上，盤算著這600塊大洋怎麼花。

第 1 章 父の死と兄との別れ（父親的去世與哥哥的分道揚鑣）

- 商売をしたって面倒くさくって旨く出来るものじゃなし、ことに六百円の金で商売らしい商売がやれる訳でもなかろう。

做生意吧，實在麻煩，而且我這人也沒那本事，大概搞不成。尤其是靠這小小600塊，真幹不成啥像樣的生意。

- よしやれるとしても、今の様じゃ人前へ出て教育を受けたと威張れないから詰り損になる許りだ。

就算勉強能成，就我這德行，也沒辦法在人前自吹自擂自己是個高材生，最後還是得不償失。

- 資本抔はどうでもいいから、これを学資にして勉強してやろう。

與其做生意瞎折騰，不如拿這錢當學費，好好念書。

- 六百円を三に割って一年に二百円宛使えば三年間は勉強が出来る。

把這600塊分成3份，每年花200塊，這樣我就能讀3年書了。

- 三年間一生懸命にやれば何か出来る。

3年內努努力，應該能混出點名堂。

059

◆ 夫からどこの学校に這入ろうと考えたが、学問は生来どれもこれも好きでない。

於是，我盤算著去哪所學校，但我天生對什麼學問都沒興趣。

◆ ことに語学とか文学とか云うものは真平御免だ。

尤其討厭什麼外語啦！文學啦！一聽就犯暈。

◆ 新体詩などと来ては二十行あるうちで一行も分らない。

要是讓我讀新體詩，20行裡頭恐怕連一行也摸不著頭腦。

◆ どうせ嫌なものなら何をやっても同じ事だと思ったが、幸い物理学校の前を通り掛かったら生徒募集の広告が出て居たから、何も縁だと思って規則書をもらってすぐ入学の手続きをして仕舞った。

我想著，既然都討厭，學什麼都一個樣。有一天，正巧路過物理學校校門口，看到貼出的招生啟事，我尋思，這也是一種緣分吧。於是拿了份報名手冊，當下就辦了入學手續。

◆ 今考えると是も親譲りの無鉄砲から起った失策だ。

現在回頭想想，真是個大失誤，都是我那親爹娘遺傳的，這股子一頭熱的蠢勁兒惹的禍。

5

Track 17

三年間まあ人並に勉強はしたが別段たちのいゝ方でもないから、席順はいつでも下から勘定する方が便利であった。然し不思議なもので、三年立ったらとうとう卒業して仕舞った。自分でも可笑しいと思ったが苦情を云う訳もないから大人しく卒業して置いた。

單字加油站 人並／尋常，普通　席順／成績排名　勘定／計算　苦情／抱怨，不滿

👉 中日朗讀

◆ 三年間まあ人並に勉強はしたが別段たちのいゝ方でもないから、席順はいつでも下から勘定する方が便利であった。

3年裡，我勉勉強強，也跟著大家混著學。但由於本來就沒啥好天賦，說到考試成績，那必定是從後頭往前數比較容易。

◆ 然し不思議なもので、三年立ったらとうとう卒業して仕舞った。

讓人哭笑不得的是，3年後，我居然也莫名其妙地安然無恙畢業了。

◆ 自分でも可笑しいと思ったが苦情を云う訳もないから大人しく卒業して置いた。

連自己心裡都暗笑，不過也沒啥可挑剔的，所以我規規矩矩地畢了業。

第 1 章　父の死と兄との別れ（父親的去世與哥哥的分道揚鑣）

6 Track 18

卒業してから八日目に校長が呼びに来たから、何か用だろうと思って、出掛けて行ったら、四国辺のある中学校で数学の教師が入る。月給は四十円だが、行ってはどうだと云う相談である。おれは三年間学問はしたが実を云うと教師になる気も、田舎へ行く考えも何もなかった。尤も教師以外に何をしようと云うあてもなかったから、此相談を受けた時、行きましょうと即座に返事をした。是も親譲りの無鉄砲が祟ったのである。

單字加油站 月給／月薪　相談／商議　即座／當即　祟る／作祟

👉 中日朗讀

◆ 卒業してから八日目に校長が呼びに来たから、何か用だろうと思って、出掛けて行ったら、四国辺のある中学校で数学の教師が入る。

畢業後第8天，校長找我，說有事要商量。我以為出啥大事了呢，結果一過去，他就跟我說：「四國那邊有個中學，數學老師缺位呢，你願意過去頂上不？」

◆ 月給は四十円だが、行ってはどうだと云う相談である。

月薪40元，問我願不願意去。

◆ おれは三年間学問はしたが実を云うと教師になる気も、田舎へ行く考えも何もなかった。

我心裡琢磨著，雖然讀了3年書，壓根兒沒想過當什麼老師，更別說跑去鄉下教書了。

◆ 尤も教師以外に何をしようと云うあてもなかったから、此相談を受けた時、行きましょうと即座に返事をした。

可是呢！除了當老師這條路，我也沒啥別的打算，見校長這麼正經八百地找我商談，當然就痛快地答應了。

◆ 是も親譲りの無鉄砲が祟ったのである。

這也是我那爹娘遺傳的急躁脾氣在作祟。

第1章 父の死と兄との別れ（父親的去世與哥哥的分道揚鑣）

7

Track 19

引き受けた以上は赴任せねばならぬ。此三年間は四畳半に蟄居して小言は只の一度も聞いた事がない。喧嘩もせずに済んだ。おれの生涯のうちでは比較的呑気な時節であった。然しこうなると四畳半も引き払わねばならん。生まれてから東京以外に踏み出したのは、同級生と一所に鎌倉へ遠足した時許りである。今度は鎌倉所ではない。大変な遠くへ行かねばならぬ。地図で見ると浜辺で針の先程小さく見える。どうせ碌な所ではあるまい。どんな町で、どんな人が住んでるか分らん。分らんでも困らない。心配にはならぬ。只行く許である。尤も少々面倒臭い。

單字加油站 引き受ける／承諾　赴任／上任　蟄居／閉門不出　小言／抱怨　呑気／閒適　引き払う／搬離　碌／體面的

063

中日朗讀

- 引き受けた以上は赴任せねばならぬ。

  既然承諾了，那就非去不可。

- 此三年間は四畳半に蟄居して小言は只の一度も聞いた事がない。

  這3年以來，我一直悶頭鑽在這4疊半的小窩裡。從沒聽過一句閒言碎語。

- 喧嘩もせずに済んだ。

  也沒跟人吵過嘴。

- おれの生涯のうちでは比較的呑気な時節であった。

  坦白講，這段時間是我人生中，最悠閒自在的舒心日子。

- 然しこうなると四畳半も引き払わねばならん。

  然而，眼下這情況，這間4疊半也得跟我說拜拜了。

- 生まれてから東京以外に踏み出したのは、同級生と一所に鎌倉へ遠足した時許りである。

  打我從娘胎裡出來，除了和同學一起去鎌倉遠足，我就沒踏出過東京半步。

- 今度は鎌倉所ではない。

  這次的任職地點可不是什麼鎌倉能比的。

第 1 章 父の死と兄との別れ（父親的去世與哥哥的分道揚鑣）

- 大変な遠くへ行かねばならぬ。　　遠得太多了！

- 地図で見ると浜辺で針の先程小さく見える。　　那地方從地圖上看來，就在海邊上的小地方，針尖點兒小。

- どうせ碌な所ではあるまい。　　肯定不是啥好地方。

- どんな町で、どんな人が住んでるか分らん。　　我壓根不知道那地方是啥模樣，住的都是些啥樣的人。

- 分らんでも困らない。　　不知道也沒事兒。

- 心配にはならぬ。　　這有啥好操心的呢。

- 只行く許である。　　反正去了再說。

- 尤も少々面倒臭い。　　大不了多些瑣事罷了。

065

8
Track 20

家を畳んでからも清の所へは折々行った。清の甥と云うのは存外結構な人である。おれが行くたびに、居りさえすれば、名にくれと款待なして呉れた。清はおれを前に置いて、色々おれの自慢を甥に聞かせた。今に学校を卒業すると麹町辺へ屋敷を買って役所へ通うのだ抔などと吹聴した事もある。独りで極めて一人で喋舌るから、こっちは困って顔を赤くした。夫も一度や二度ではない。折々おれが小さい時寐小便をした事迄持ち出すには閉口した。甥は何と思って清の自慢を聞いて居たか分らぬ。只清は昔風の女だから、自分とおれの関係を封建時代の主従の様に考えて居た。自分の主人なら甥の為にも主人に相違ないと合点したものらしい。甥こそいい面の皮だ。

單字加油站 存外 ぞんがい／出乎意料　結構 けっこう／極好　名にくれ／各方面　款待なす もてなす／款待　自慢 じまん／引以為傲　役所 やくしょ／官府　吹聴 ふいちょう／吹噓　閉口 へいこう／受不了　合点 がてん／理解　いい面の皮 つらのかわ／被捉弄，蒙在鼓裡

👉 中日朗讀

◆ 家を畳んでからも清の所へは折々行った。

搬了家後，我還是隔三差五常去探望阿清婆。

◆ 清の甥と云うのは存外結構な人である。

阿清婆那外甥比我想像中的還要靠譜。

👉 中日朗讀

- おれが行くたびに、居りさえすれば、名にくれと款待なして呉れた。

  每次我一到,只要他在家,肯定盡力盛情接待我。

  單字翻譯:「名にくれ」在這裡的意思是「各式各樣」。這是一個古風的表達方式,用於表示給予特別的款待或歡迎。

- 清はおれを前に置いて、色々おれの自慢を甥に聞かせた。

  阿清婆呢,當著我的面,老是左一個右一個地在她外甥前給我吹噓抬轎子。

- 今に学校を卒業すると麹町辺へ屋敷を買って役所へ通うのだ抔などと吹聴した事もある。

  甚至還放話過,說我一畢業就能在麴町置辦大房子,還能進政府當官。

- 独りで極めて一人で喋舌るから、こっちは困って顔を赤くした。

  阿清婆總是自顧自地吹得天花亂墜,把我弄得面紅耳赤,窘迫得不知所措。

- 夫も一度や二度ではない。

  這情況還不止一回兩回,她竟然反反復復地講。

第 1 章 父の死と兄との別れ(父親的去世與哥哥的分道揚鑣)

067

- 折々おれが小さい時寝小便をした事迄持ち出すには閉口した。

更讓我哭笑不得的是，她三天兩頭，會揭我小時候尿床的老底，讓我尷尬不已。

- 甥は何と思って清の自慢を聞いて居たか分らぬ。

聽著阿清婆的自吹自擂，我真不知道她甥兒心裡到底是啥感覺。

- 只清は昔風の女だから、自分とおれの関係を封建時代の主従の様に考えて居た。

阿清婆是個老封建一根筋的女人，她硬是把我們的關係當成封建時代的主僕關係。

- 自分の主人なら甥の為にも主人に相違ないと合点したものらしい。

還似乎暗地裡認為，如果我是她的主人，那我當然也就是她甥兒的主人。

- 甥こそいい面の皮だ。

這麼一來，她那甥兒可真是倒夠憋屈了。

9 Track 21

愈 約束が極まって、もう立つと云う三日前に清を尋ねたら、北向の三畳に風邪を引いて寝て居た。おれの来たのを見て起き直るが早いか、坊っちゃん何時家を御持ちなさいますと聞いた。卒業さえすれば金が自然とポッケツトの中に沸いて来ると思って居る。そん

第1章 父の死と兄との別れ（父親的去世與哥哥的分道揚鑣）

なにえらい人をつらまえて、まだ坊っちゃんと呼ぶのは愈馬鹿気て居る。おれは単簡に当分うちは持たない。田舎に行くんだと云ったら、非常に失望した容子で、胡麻塩の鬢の乱れを頻りに撫でた。余り気の毒だから「行く事は行くがじき帰る。来年の夏休みには屹度帰る」と慰めてやった。夫でも妙な顔をして居るから「何を見やげに買って来てやろう、何が欲しい」と聞いて見たら「越後の笹飴が食べたい」と云った。越後の笹飴なんて聞いた事もない。第一方角が違う。「おれの行く田舎には笹飴はなさそうだ」と云って聞かしたら「そんなら、どっちの見当です」と聞き返した。「西の方だよ」と云うと「箱根のさきですか手前ですか」と問う。随分持てあました。

> **單字加油站** 愈／終於　単簡／簡單　当分／暫且　胡麻塩／斑白髮　乱れ／散亂　慰める／撫慰　越後／現在的新潟，佐渡以外的地區　笹飴／竹葉包的糖　持てあます／難以對付

👉 中日朗讀

♦ 愈約束が極まって、もう立つと云う三日前に清を尋ねたら、北向きの三畳に風邪を引いて寐て居た。

到四國當數學老師的安排終於塵埃落定。在啟程的前3天，我特意去探望了阿清婆。偏巧她染了風寒，正躺在一間朝北的3疊房裡，顯得格外孤零冷清。

♦ おれの来たのを見て起き直るが早いか、坊っちゃん何時家を御持ちなさいますと聞いた。

一見我進來，她立刻撐起身子，急匆匆地問道：「少爺啥時候買大宅子呀？」

◆ 卒業さえすれば金が自然とポッケットの中に沸いて来ると思って居る。

她那神情，好像我一畢業，金錢就能像井噴似地從口袋裡湧出來。

◆ そんなにえらい人をつらまえて、まだ坊っちゃんと呼ぶのは愈馬鹿気て居る。

但要是真有這麼神通廣大，她還在這兒「少爺、少爺」地喊，不覺得傻乎乎的嗎？

◆ おれは単簡に当分うちは持たない。

我也沒細說，只是輕描淡寫地回了句：「現在還顧不上。」

◆ 田舎に行くんだと云ったら、非常に失望した容子で、胡麻塩の鬢の乱れを頻りに撫でた。

當她一聽我說：「立刻就得去鄉下了。」臉上的笑容立刻塌了，變成一副特別失望的模樣，手不停地捋著那亂糟糟的斑白鬢髮。

◆ 余り気の毒だから「行く事は行くがじき帰る。来年の夏休みには屹度帰る」と慰めてやった。

我瞧著挺心酸的，就安慰她說：「放心吧，去去就回。明年暑假，我保準回來。」

第 1 章

父の死と兄との別れ
（父親的去世與哥哥的分道揚鑣）

◆ 夫（それ）でも妙（みょう）な顔（かお）をして居（い）るから「何（なに）を見（み）やげに買（か）って来（き）てやろう、何（なに）が欲（ほ）しい」と聞（き）いて見（み）たら「越後（えちご）の笹飴（ささあめ）が食（た）べたい」と云（い）った。

但她還是一臉愁雲密布。見狀，我趕緊換個話題：「別難過啊，我會帶些特產回來，你想要啥？」她想了想，說：「我想要吃越後的竹葉包的麥芽糖。」

◆ 越後（えちご）の笹飴（ささあめ）なんて聞（き）いた事（こと）もない。

越後竹葉包的麥芽糖？這可是頭一回聽說。

◆ 第一方角（だいいちほうがく）が違（ちが）う。

這哪跟哪啊，暫且不提其他的，首先這地理方向就不對嘛。

◆ 「おれの行（い）く田舎（いなか）には笹飴（ささあめ）はなさそうだ」と云（い）って聞（き）かしたら「そんなら、どっちの見当（けんとう）です」と聞（き）き返（かえ）した。

我說：「我打算去的，那個鄉下，怕沒這竹葉包的麥芽糖。」她不依不饒，追問：「那你到底要去哪裡？」

◆ 「西（にし）の方（ほう）だよ」と云（い）うと「箱根（はこね）のさきですか手前（てまえ）ですか」と問（と）う。

我一說是西邊，她馬上問：「那是在箱根的這頭呢？還是那頭？」

- 随分持てあました。

真是無奈。

單字說明:「持てあました」是一個日文詞語,意思是「難以應付」、「處理不了」或「感到困擾」。通常用來形容對某事或某人的行為感到困難,無法應對或處理的情況。

10 Track 22

出立の日には朝から来て、色々世話をやいた。来る途中小間物屋で買って来た歯磨と楊子と手拭をズックの革鞄に入れて呉れた。そんな物は入らないと云っても中々承知しない。車を並べて停車場へ着いて、プラットフォームの上へ出た時、車に乗り込んだおれの顔を眤と見て「もう御別れになるかも知れません。随分御機嫌よう」と小さな声で云った。目に涙が一杯たまって居る。おれは泣かなかった。然しもう少しで泣く所であった。汽車が余っ程動きだしてから、もう大丈夫だろうと思って、窓から首を出して、振り向いたら、矢っ張り立って居た。何だか大変小さく見えた。

單字加油站 出立／啟程 小間物屋／雜貨鋪 歯磨／牙刷 楊子／牙籤 プラットフォーム／月台 眤と／凝視 御機嫌よう／祝安康 余っ程／相當 振り向く／回首

👉 中日朗讀

- 出立の日には朝から来て、色々世話をやいた。

到了啟程那天,阿清婆一大早就到了,手忙腳亂地幫我收拾行李。

第 1 章 父の死と兄との別れ
（父親的去世與哥哥的分道揚鑣）

- 来る途中小間物屋で買って来た歯磨と楊子と手拭をズックの革鞄に入れて呉れた。

  她把路上從雜貨店買的牙刷、牙籤、毛巾，全都像塞蘿蔔似的塞進帆布包裡。

- そんな物は入らないと云っても中々承知しない。

  我說這些玩意兒用不上，她壓根不聽，自顧自地忙活著。

- 車を並べて停車場へ着いて、プラットフォームの上へ出た時、車に乗り込んだおれの顔を眤と見て「もう御別れになるかも知れません。随分御機嫌よう」と小さな声で云った。

  我們坐上兩輛黃包車，並排著到了火車站的停車場，她一路護送我上了月台，眼巴巴地看著我上了車，小聲嘀咕：「說不定這次一別，就再也見不著少爺了。您要多多保重啊！」

- 目に涙が一杯たまって居る。

  她眼睛裡噙滿了淚水。

- おれは泣かなかった。

  我倒是沒哭。

- 然しもう少しで泣く所であった。

  可眼淚也快撐不住了。

◆ 汽車が余っ程動きだしてから、もう大丈夫だろうと思って、窓から首を出して、振り向いたら、矢っ張り立って居た。

正巧火車這時啟動了,過會兒我心裡琢磨,這下總該離開了吧。但我從車窗探出頭往後一瞧,只見她還在那兒杵著。

◆ 何だか大変小さく見えた。

人影已經縮得像豆子那麼小了。

向夏目漱石學習，
塑造那些躍然紙上的生動角色——
已出場的重要人物：

少爺：

何だ指位此通りだと右の手の親指の甲をはすに切り込んだ。

我也不含糊，瞪著眼說：「怎麼著？切個手指頭有啥大不了的？看好了！」說罷，我舉起那小刀往右手大拇指指甲上一橫劃。

少爺名言：「我可不是那種見風使舵的傢伙！」

哥哥：

兄は実業家になるとか云って頻りに英語を勉強して居た。元来女の様な性分で、ずるいから、仲がよくなかった。

我那哥哥成天做著成為企業家的白日夢，天天埋在英語書裡猛啃，真是逗。他本來就像個娘們兒，心眼兒多還狡猾，所以我們一直處得很糟。

老哥名言：「你再這樣下去可是會連累我們全家！」

爸爸：

おやじは何もせぬ男で、人の顔さえ見れば貴様は駄目だ駄目だと口癖の様に云って居た。

我爸是個什麼都不幹的主兒，一見到我就開始嘟囔：「你這小子沒救了。沒救了。」這話幾乎成了他的口頭禪，天天掛在嘴邊念。

老爸名言：「你這小子，怎麼都是個沒出息的！」

女傭阿清：

清は時々台所で人の居ない時に「あなたは真っ直ぐでよい御気性だ」と賞める事が時々あった。

阿清婆有時候在廚房裡，左右沒人時，總會誇我幾句：「你這性子真是坦坦蕩蕩，心地純潔。」

阿清名言：「你永遠是我的小寶貝！」

坊ちゃん - 読解問題　第一章 5. 父の死と兄との別れ
（父親的去世與哥哥的分道揚鑣）

読解力鍛えよう！感動しよう！会話や心の中の言葉、行動から気持ちを読み取ろう！
次の文章を読んで、あとの問題に答えなさい。

> 母が死んでから六年目の正月におやじも卒中で亡くなった。其年の四月におれはある私立の中学校を卒業する。六月に兄は商業学校を卒業した。兄は何とか会社の九州の支店に口があって行かなければならん。おれは東京でまだ学問をしなければならない。兄は家を売って財産を片付て任地へ出立すると云い出した。おれはどうでもするが宜かろうと返事をした。どうせ兄の厄介になる気はない。世話をしてくれるにした所で、喧嘩をするから、向でも何とか云い出すに極って居る。なまじい保護を受ければこそ、こんな兄に頭を下げなければならない。牛乳配達をしても食ってられると覚悟をした。

問題1 文章の中「どうせ兄の厄介になる気はない」とありますが、なぜ主人公はこのように感じたのですか。最も適切なものを次の中から選びなさい。

1. 兄との関係が悪く、兄に頼ることが嫌だったから。
2. 主人公は自分の力で生きていく覚悟を決めていたから。
3. 兄の保護を受けることで兄に対して頭を下げたくなかったから。
4. 兄が母の死を主人公のせいにしたことがあったから。

▲ 解説：

文の中には「どうせ兄の厄介になる気はない。世話をしてくれるにした所で、喧嘩をするから、向でも何とか云い出すに極って居る。」と記述されています。これは、主人公と兄の関係が悪く、兄に頼ることが嫌だったことを示しています。兄に頼ると喧嘩が増えるだけでなく、向こうからも何か文句を言われるに違いないと主人公は考えています。このため、兄の厄介になる気は全くないのです。

2. 主人公が自分の力で生きていく覚悟を決めていることも一因ですが、主要な理由は兄との関係が悪いためです。文中には「どうせ兄の厄介になる気はない」とあり、兄との関係が主な理由であることが明確に示されています。

3. これも部分的には正しいですが、主要な理由は兄との関係が悪いことです。文中には「喧嘩をするから、向でも何とか云い出すに極って居る」とあり、兄との関係が悪いことが主要な理由であることがわかります。

4. これは別の文脈での出来事であり、ここでの主要な理由ではありません。文中には兄が母の死を主人公のせいにしたことについては触れられておらず、兄との関係が悪いことが主な理由です。

解答： 1.兄との関係が悪く、兄に頼ることが嫌だったから。

提升閱讀理解力！讓我們感動！從對話、內心話語與行動中探尋人物的情感！
請閱讀以下文章，並回答問題。

> 老媽去世後的第 6 個春節，老爸也因中風走了。那年的 4 月，我畢業於一所私立中學。6 月，老哥從商業學校畢業。在一個啥名字都記不住的公司九州支店撈了個差事，得搬到那邊去幹活兒。至於我呢？還得老老實實留在東京繼續上學。我哥提議，要把家當全給變賣了，然後去九州上班。我懶得理他怎麼折騰，說：「你愛咋折騰，就咋折騰吧。」反正也沒打算靠他養活。就算他有心照顧我，我們肯定還是得幹架，到時候少不了鬧得雞飛狗跳，各走各的路。要忍受他那彆彆扭扭的管束，還得在他面前矮半截，真是憋屈得慌。我早就打好主意了，送牛奶也能糊口度日，反正天塌不下來。

第 1 章 読解問題　父の死と兄との別れ

問題 1　文章中「反正也沒打算靠他養活。」這句話，為什麼主人公會有這樣的感覺？請選擇最適合的答案。
1. 與哥哥關係不好，不想依賴他。
2. 主人公決心自力更生。
3. 不願因接受哥哥的庇護而低頭。
4. 哥哥曾經指責主人公害死了母親。

▲ **解釋**：

文中提到「反正也沒打算靠他養活。就算他願意照顧我，我們肯定還是得幹架，到時候少不了鬧得雞飛狗跳，各走各的路。」這表明主人公與哥哥關係不睦，不願依賴於他。主人公認為，若依賴哥哥，不僅會頻繁爭吵，還會遭受挑剔和抱怨。因此，他全然無意依賴哥哥的庇護。

2. 主人公決心自力更生也是原因之一，但主要原因是與哥哥的關係不睦。文中提到「反正也沒打算靠他養活」，清楚地表明兄弟關係不和是主要原因。

3. 雖然此說法部分正確，但主要原因仍是兄弟關係不佳。文中提到「我們肯定還是得幹架，到時候少不了鬧得雞飛狗跳，各走各的路」，顯示出兄弟之間的矛盾是主要原因。

4. 這是另一個情境中的事件，並非此處的主要原因。文中未提及哥哥將母親的死歸咎於主人公，因此兄弟關係不和才是主要原因。

解答：　1. 與哥哥關係不好，不想依賴他。

坊ちゃん - 読解問題

問題2 「牛乳配達をしても食ってられると覚悟をした」とありますが、なぜ主人公はこのように決心したのですか。最も適切なものを次の中から選びなさい。

1. 主人公は九州に行きたくなかったから。
2. 主人公は勉強を続けるための資金を稼ぐ必要があったから。
3. 主人公は兄に対する反抗心から意地を張っていたから。
4. 主人公は兄に頼らずに独立した生活を送りたいと考えていたから。

▲ 解説：

文の中には「どうせ兄の厄介になる気はない。世話をしてくれるにした所で、喧嘩をするから、向でも何とか云い出すに極って居る。牛乳配達をしても食ってられると覚悟をした。」と記述されています。これは、主人公が兄に頼らずに自分の力で独立した生活を送りたいと考えていることを示しています。兄と一緒にいると喧嘩ばかりになるため、独立して自分で生活していく決心をしたのです。

1. 主人公が九州に行きたくなかったことは文中には記述されておらず、主要な理由ではありません。

2. 主人公が勉強を続けるために資金を稼ぐ必要があったことも一因ですが、主要な理由は兄に頼らず独立したいと考えていたためです。

3. 反抗心もあるかもしれませんが、主要な理由は独立した生活を送りたいという考えです。このため、「牛乳配達をしても食ってられる」という覚悟を決めたのです。

解答： 4. 主人公は兄に頼らずに独立した生活を送りたいと考えていたから。

覚えよう！言葉の意味！

1. 卒中（そっちゅう）：突然の発作や体の一部の機能が急に失われる病気、特に脳卒中を指す。
2. 私立（しりつ）：公立ではなく、個人や団体によって設立・運営されている学校や機関。
3. 支店（してん）：本店に属し、別の場所で営業を行う店舗や事業所。
4. 任地（にんち）：仕事や職務のために派遣される場所や地域。
5. 厄介（やっかい）：世話や面倒を見ること。また、その世話や面倒をかけること。
6. 覚悟（かくご）：困難や危険などを前にして、あらかじめ心の準備をすること。決意。

| 問題2 | 「送牛奶也能餬口度日」這句話，為什麼主人公會下這樣的決心？請選擇最適合的答案。

1 主人公不想去九州。
2 主人公需要賺取繼續求學的資金。
3 主人公因反抗心而固執己見。
4 主人公想要自立，不依賴哥哥。

▲ 解釋：

文中提到「反正也沒打算靠他養活。就算他願意照顧我，我們肯定還是得幹架，到時候少不了鬧得雞飛狗跳，各走各的路。我早就想好了，送牛奶也能餬口度日。」這表明主人公希望自立，依靠自己的力量生活，不願依賴哥哥。

1. 主人公不想去九州這一點在文中並未提及，因此這並非主要理由。

2. 主人公需要賺取繼續求學的資金亦為一因，但主要原因在於他希望自立，不依賴兄長。

3. 雖然反抗心可能存在，但主要原因是渴望過上獨立的生活。正因如此，主人公決心，即便是送牛奶，也要自食其力。

解答： 4. 主人公想要自立，不依賴哥哥。

學習！詞語的意義！

1. 卒中（そっちゅう）：突發疾病或身體部分功能突然喪失，特別是指腦中風。
2. 私立（しりつ）：非公立，由個人或團體設立和運營的學校或機構。
3. 支店（してん）：隸屬於總店，在其他地方經營的分店或事業所。
4. 任地（にんち）：因工作或職務而被派遣的地點或區域。
5. 厄介（やっかい）：照顧或處理麻煩事。另外，也指給他人添麻煩。
6. 覚悟（かくご）：在面對困難或危險時，事先做好心理準備的決心。下定決心。

第1章 読解問題 父の死と兄との別れ

第二章

1. 辺鄙な漁村への到着
   （抵達偏遠的漁村）
2. 中学校の不安な初探訪
   （初探中學的不安感）
3. 旅館での不快な体験
   （旅館的不快體驗）
4. 学校での驚きの初体験
   （學校裡的驚奇初體驗）
5. 新しい住居と新たな始まり
   （新居與新開始）

第二章 1. 辺鄙な漁村への到着
（抵達偏遠的漁村）

Track 23

　ぶうと云って汽船がとまると、艀が岸を離れて、漕ぎ寄せて来た。船頭は真っ裸に赤ふんどしをしめている。野蛮な所だ。尤も此熱さでは着物はきられまい。日が強いので水がやに光る。見詰めて居ても眼がくらむ。事務員に聞いて見るとおれは此所へ降りるのだそうだ。見る所では大森位な漁村だ。人を馬鹿にしていらあ、こんな所に我慢が出来るものかと思ったが仕方がない。威勢よく一番に飛び込んだ。続づいて五六人は乗ったろう。外に大きな箱を四つ許積み込んで赤ふんは岸へ漕ぎ戻して来た。陸へ着いた時も、いの一番に飛び上がって、いきなり、磯に立って居た鼻たれ小僧をつらまえて中学校はどこだと聞いた。小僧は茫やりして、知らんがの、と云った。気の利かぬ田舎ものだ。猫の額程な町内の癖に、中学校のありかも知らぬ奴があるものか。所へ妙な筒っぽうを着た男がきて、こっちへ来いと云うから、尾いて行ったら、港屋と云う宿屋へ連れて来た。やな女が声を揃えて御上がりなさいと云うので、上がるのがいやになった。門口へ立ったなり中学校を教えろと云ったら、中学校は是から汽車で二里許り行かなくっちゃいけないと聞いて、猶上がるのがいやになった。おれは、筒っぽうを着た男から、おれの革鞄を二つ引きたくって、のそのそあるき出した。宿屋のものは変な顔をして居た。

單字加油站 艀（はしけ）／接駁小船（在大船與陸地間運送乘客或貨物的） 漕ぎ寄せる（こぎよせる）／划到…前 船頭（せんどう）／船夫 ふんどし／兜襠布內褲 くらむ／頭暈目眩 事務員（じむいん）／職員 我慢（がまん）／忍受 威勢／氣勢 磯（いそ）／海濱 小僧（こぞう）／小童 ぼんやり／茫然 筒っぽう（つつっぽう）／窄袖和服

第2章 辺鄙な漁村への到着（抵達偏遠的漁村）

中日朗讀

◆ ぶうと云（い）って汽船（きせん）がとまると、艀（はしけ）が岸（きし）を離（はな）れて、漕（こ）ぎ寄（よ）せて来（き）た。

蒸氣輪船「嗚——」地拉了一聲長笛入港泊定後，一隻小船晃晃悠悠地離開岸邊，朝這邊划過來。

◆ 船頭（せんどう）は真（ま）っ裸（はだか）に赤（あか）ふんどしをしめている。

划船的船夫光著身子，下身只圍著一條紅色兜襠布內褲。

◆ 野蛮（やばん）な所（ところ）だ。

看這架勢，這地方還真是夠蠻荒的。

◆ 尤（もっと）も此熱（このあつ）さでは着物（きもの）はきられまい。

話說回來，這天氣熱得讓人受不了，穿衣服簡直就是罪。

◆ 日（ひ）が強（つよ）いので水（みず）がやに光（ひか）る。

陽光直射在水面上，亮得跟金子似的。

◆ 見詰（みつ）めて居（い）ても眼（め）がくらむ。

盯久了，晃得人眼睛都花了。

083

- 事務員に聞いて見るとおれは此所へ降りるのだそうだ。

我向船上的事務員打聽，他說就在這兒下船。

- 見る所では大森位な漁村だ。

往岸上一瞅，發現這裡跟大森那小漁村差不多大小。

- 人を馬鹿にしていらあ、こんな所に我慢が出来るものかと思ったが仕方がない。

這不是耍人玩嗎？我心裡嘀咕，這種鳥不生蛋的地方怎麼待得住呢？但話說回來，既來之則安之，只能硬著頭皮上了。

- 威勢よく一番に飛び込んだ。

我精神一振甩開膀子，第一個跳進了小船。

- 続いて五六人は乗ったろう。

緊接著5、6個人也魚貫而下。

- 外に大きな箱を四つ許積み込んで赤ふんは岸へ漕ぎ戻して来た。

那兜襠布內褲忙活，又搬上了4個大箱子，然後才把小船往岸邊划回去。

- 陸へ着いた時も、いの一番に飛び上がって、いきなり、磯に立って居た鼻たれ小僧をつらまえて中学校はどこだと聞いた。

一靠岸，我還是第一個跳上岸，立馬抓住一個站在岸上的鼻涕娃，打聽中學在哪兒。

◆ 小僧は茫やりして、知らんがの、と云った。

那小鬼頭傻乎乎地回了句：「不知道」。

◆ 気の利かぬ田舎ものだ。

真是個木頭腦袋的鄉下娃。

◆ 猫の額程な町内の癖に、中学校のありかも知らぬ奴があるものか。

這地方小得跟芝麻粒似的，咋連中學在哪兒都不清楚？

◆ 所へ妙な筒っぽうを着た男がきて、こっちへ来いと云うから、尾いて行ったら、港屋と云う宿屋へ連れて来た。

正琢磨著，一個穿著古里古怪窄袖上衣的男人挨過來，甩了一句：「跟我走。」跟著他晃過去一看，發現他帶我到了一家叫「港屋」的旅館。

◆ やな女が声を揃えて御上がりなさいと云うので、上がるのがいやになった。

幾個吵得讓人腦仁發疼的女招待整齊劃一地喊了聲：「請進。」，搞得我一點進去的興致都沒有。

◆ 門口へ立ったなり中学校を教えろと云ったら、中学校は是から汽車で二里許り行かなくっちゃいけないと聞いて、猶上がるのがいやになった。

我在旅館門口站定，沒好氣地說：「趕緊告訴我，中學在哪兒！」她們說，去學校還得坐火車，再晃蕩兩里地呢。這下我更不想進去了。

第 2 章 辺鄙な漁村への到着（抵達偏遠的漁村）

◆ おれは、筒っぽうを着た男から、おれの革鞄を二つ引きたくって、のそのそあるき出した。

我從那穿窄袖筒上衣的傢伙手裡，一把奪過包，大搖大擺地走了。

◆ 宿屋のものは変な顔をして居た。

旅店裡的人看得是一臉懵圈。

向夏目漱石學習，
塑造那些躍然紙上的生動角色——
即將出場的人物：

> **校長：**
>
> やがて、今のは只希望である、あなたが希望通り出来ないのはよく知って居るから心配しなくってもいゝと云いながら笑った。
>
> 接著他説：「剛才那些只是期望罷了，我知道你不可能完全照做，別放在心上。」他居然邊説邊咧嘴笑，真是隻老奸狡猾的山狸！
>
> **校長名言：「在我這裡，紀律和規矩是最重要的！」**

> **教務主任：**
>
> 当人の説明では赤は身体に薬になるから、衛生の為めにわざわざ誂らえるんだそうだが、入らざる心配だ。
>
> 據他自己吹噓，紅色對身體有好處，特別衛生，專門訂做了這紅襯衫。我真是瞎操心了！
>
> **紅襯衫名言：「別看我穿紅襯衫，其實我的心裡滿是陰謀！」**

> **數學老師：**
>
> 山嵐は「おい君どこに宿ってるか、山城屋か、うん、今に行って相談する」と云い残して白墨を持って教場へ出て行った。
>
> 豪豬對我説：「哎，小子，你住哪兒啊，山城屋嗎？好咧，我過會兒去找你談。」説完，抓起粉筆就往教室走了。
>
> **山嵐名言：「老子雖然長得像山，但心可軟得像豆腐！」**

坊ちゃん - 読解問題　　第二章 1. 辺鄙な漁村への到着（抵達偏遠的漁村）

読解力鍛えよう！感動しよう！慣用的な表現に注目して登場人物の気持ちを読み取ろう！
次の文章を読んで、あとの問題に答えなさい。

　ぶうと云って汽船がとまると、艀が岸を離れて、漕ぎ寄せて来た。船頭は真っ裸に赤ふんどしをしめている。野蛮な所だ。尤も此熱さでは着物はきられまい。日が強いので水がやに光る。見詰めて居ても眼がくらむ。事務員に聞いて見るとおれは此所へ降りるのだそうだ。見る所では大森位な漁村だ。人を馬鹿にしていらあ、こんな所に我慢が出来るものかと思ったが仕方がない。威勢よく一番に飛び込んだ。続づいて五六人は乗ったろう。外に大きな箱を四つ許積み込んで赤ふんは岸へ漕ぎ戻して来た。陸へ着いた時も、いの一番に飛び上がって、いきなり、磯に立って居た鼻たれ小僧をつらまえて中学校はどこだと聞いた。小僧は茫やりして、知らんがの、と云った。気の利かぬ田舎ものだ。猫の額程な町内の癖に、中学校のありかも知らぬ奴があるものか。所へ妙な筒っぽうを着た男がきて、こっちへ来いと云うから、尾いて行ったら、港屋と云う宿屋へ連れて来た。やな女が声を揃えて御上がりなさいと云うので、上がるのがいやになった。門口へ立ったなり中学校を教えろと云ったら、中学校は是から汽車で二里許り行かなくっちゃいけないと聞いて、猶上がるのがいやになった。おれは、筒っぽうを着た男から、おれの革鞄を二つ引きたくって、のそのそあるき出した。宿屋のものは変な顔をして居た。

提升閱讀理解力！讓我們感動！從慣用表現中讀取人物的情感！
請閱讀以下文章，並回答問題。

第 2 章　読解問題

辺鄙な漁村への到着

　　蒸氣輪船「嗚——」地拉了一聲長笛入港泊定後，一隻小船晃晃悠悠地離開岸邊，朝這邊划過來。划船的船夫光著身子，下身只圍著一條紅色兜襠布內褲。看這架勢，這地方還真是夠蠻荒的。話說回來，這天氣熱得讓人受不了，穿衣服簡直就是罪。陽光直射在水面上，亮得跟金子似的。盯久了，晃得人眼睛都花了。我向船上的事務員打聽，他說就在這兒下船。往岸上一瞅，發現這裡跟大森那小漁村差不多大小。這不是耍人玩嗎？我心裡嘀咕，這種鳥不生蛋的地方怎麼待得住呢？但話說回來，既來之則安之，只能硬著頭皮上了。我精神一振甩開膀子，第一個跳進了小船。緊接著5、6個人也魚貫而下。那兜襠布內褲忙活，又搬上了4個大箱子，然後才把小船往岸邊划回去。一靠岸，我還是第一個跳上岸，立馬抓住一個站在岸上的鼻涕娃，打聽中學在哪兒。那小鬼頭傻乎乎地回了句：「不知道。」真是個木頭腦袋的鄉下娃。這地方小得跟芝麻粒似的，咋連中學在哪兒都不清楚？正琢磨著，一個穿著古里古怪窄袖上衣的男人挨過來，甩了一句：「跟我走。」跟著他晃過去一看，發現他帶我到了一家叫「港屋」的旅館。幾個吵得讓人腦仁發疼的女招待整齊劃一地喊了聲：「請進。」，搞得我一點進去的興致都沒有。我在旅館門口站定，沒好氣地說：「趕緊告訴我，中學在哪兒！」她們說，去學校還得坐火車，再晃蕩兩里地呢。這下我更不想進去了。我從那穿窄袖筒上衣的傢伙手裡，一把奪過包，大搖大擺地走了。旅店裡的人看得是一臉懵圈。

坊ちゃん - 読解問題

問題1 この文章の「こんな所に我慢が出来るものかと思ったが仕方がない。」とありますが、これはどのような気持ちを表現しているのでしょうか。最も適切なものを選びなさい。

1. この場所に対して嫌悪感を抱いているが、仕方なく受け入れている。
2. この場所に対して興奮しているが、少し不安も感じている。
3. この場所に感謝しているが、まだ馴染めない。
4. この場所での生活を楽しみにしているが、少し不安もある。

▲ 解説：

文中には「こんな所に我慢が出来るものかと思ったが仕方がない。」と記述されています。これは、主人公が新しい環境に不満や嫌悪感を抱きつつも、どうしようもないと諦めている様子を示しています。このため、最も適切な選択肢は「この場所に対して嫌悪感を抱いているが、仕方なく受け入れている」です。

2. 文の中には主人公が興奮している様子は記述されていません。むしろ、「野蛮な所だ」や「こんな所に我慢が出来るものか」という表現から、主人公がこの場所に対して嫌悪感を抱いていることが明確です。

3. 主人公がこの場所に感謝している描写はありません。「こんな所に我慢が出来るものか」という表現から、感謝ではなく嫌悪感を抱いていることが示されています。

4. 主人公がこの場所での生活を楽しみにしていることは全く記述されておらず、「こんな所に我慢が出来るものか」との記述から、むしろ不満を抱いていることが明確です。

解答： 1. この場所に対して嫌悪感を抱いているが、仕方なく受け入れている。

問題1 文章中的「這種鳥不生蛋的地方怎麼待得住呢？但話說回來，既來之則安之，只能硬著頭皮上了」這句話，表達了什麼情感？請選擇最適合的答案。
1 對這地方感到嫌惡，但無奈接受。
2 對這地方感到興奮，但也有些不安。
3 感謝這地方，但還不適應。
4 期待在這地方生活，但也有些不安。

▲ 解釋：

文中寫到「這種鳥不生蛋的地方怎麼待得住呢？但話說回來，既來之則安之，只能硬著頭皮上了」，這表明主人公對新環境有不滿和嫌惡，但又不得不接受。因此，最適合的選擇是「對這地方感到嫌惡，但無奈接受」。

2. 文中沒有描寫主人公感到興奮的情景。相反，通過「這地方還真是夠蠻荒的」和「這種鳥不生蛋的地方怎麼待得住呢」這些表達，可以清楚地看出主人公對這個地方抱有嫌惡之情。

3. 文中沒有描寫主人公對這個地方感到感激。「這種鳥不生蛋的地方怎麼待得住呢」這一表達顯示出主人公對這個地方不是感激，而是厭惡。

4. 文中完全沒有提到主人公對在這個地方的生活感到期待。相反，「這種鳥不生蛋的地方怎麼待得住呢」這一表達清楚地顯示出主人公對這個地方充滿不滿。

解答： 1.對這地方感到嫌惡，但無奈接受。

坊ちゃん - 読解問題

問題2 この文章の「こんな所に我慢が出来るものかと思ったが仕方がない。」とありますが、これはどのような気持ちを表現しているのでしょうか。最も適切なものを選びなさい。

1. この場所に対して嫌悪感を抱いているが、仕方なく受け入れている。
2. この場所に対して興奮しているが、少し不安も感じている。
3. この場所に感謝しているが、まだ馴染めない。
4. この場所での生活を楽しみにしているが、少し不安もある。

▲ **解説：**

文中には「こんな所に我慢が出来るものかと思ったが仕方がない。」と記述されています。これは、主人公が新しい環境に不満や嫌悪感を抱きつつも、どうしようもないと諦めている様子を示しています。このため、最も適切な選択肢は「この場所に対して嫌悪感を抱いているが、仕方なく受け入れている」です。

2. 文の中には主人公が興奮している様子は記述されていません。むしろ、「野蛮な所だ」や「こんな所に我慢が出来るものか」という表現から、主人公がこの場所に対して嫌悪感を抱いていることが明確です。

3. 主人公がこの場所に感謝している描写はありません。「こんな所に我慢が出来るものか」という表現から、感謝ではなく嫌悪感を抱いていることが示されています。

4. 主人公がこの場所での生活を楽しみにしていることは全く記述されておらず、「こんな所に我慢が出来るものか」との記述から、むしろ不満を抱いていることが明確です。

解答： 1. この場所に対して嫌悪感を抱いているが、仕方なく受け入れている。

| 問題2 | 文章中的「這種鳥不生蛋的地方怎麼待得住呢?但話說回來,既來之則安之,只能硬著頭皮上了」這句話,表達了什麼情感?請選擇最適合的答案。

1 對這地方感到嫌惡,但無奈接受。
2 對這地方感到興奮,但也有些不安。
3 感謝這地方,但還不適應。
4 期待在這地方生活,但也有些不安。

▲ 解釋:
文中寫到「這種鳥不生蛋的地方怎麼待得住呢?但話說回來,既來之則安之,只能硬著頭皮上了」,這表明主人公對新環境有不滿和嫌惡,但又不得不接受。因此,最適合的選擇是「對這地方感到嫌惡,但無奈接受」。

2. 文中沒有描寫主人公感到興奮的情景。相反,通過「這地方還真是夠蠻荒的」和「這種鳥不生蛋的地方怎麼待得住呢」這些表達,可以清楚地看出主人公對這個地方抱有嫌惡之情。

3. 文中沒有描寫主人公對這個地方感到感激。「這種鳥不生蛋的地方怎麼待得住呢」這一表達顯示出主人公對這個地方不是感激,而是厭惡。

4. 文中完全沒有提到主人公對在這個地方的生活感到期待。相反,「這種鳥不生蛋的地方怎麼待得住呢」這一表達清楚地顯示出主人公對這個地方充滿不滿。

解答: 1. 對這地方感到嫌惡,但無奈接受。

第二章 2. 中学校の不安な初探訪
（初探中學的不安感）

1
Track 24

停車場はすぐ知れた。切符も訳なく買った。乗り込んで見るとマッチ箱の様な汽車だ。ごろごろと五分許り動いたと思ったら、もう降りなければならない。道理で切符が安いと思った。たった三銭である。それから車を傭って、中学校へ来たら、もう放課後で誰も居ない。宿直は一寸用達に出たと小使が教えた。随分気楽な宿直がいるものだ。校長でも尋ね様かと思ったが、草臥れたから、車に乗って宿屋へ連れて行けと車夫に云い付けた。車夫は威勢よく山城屋と云ううちへ横付にした。山城屋とは質屋の勘太郎の屋号と同じだから一寸面白く思った。

單字加油站 マッチ箱／火柴盒　ごろごろ／轆轆作響　傭う／雇用　宿直／值夜員　用達／辦事　小使／雜役　草臥れる／疲憊　宿屋／旅店客棧　横付／停靠

👉 中日朗讀

◆ 停車場はすぐ知れた。　　　　　　　沒多久我就找到火車站。

◆ 切符も訳なく買った。　　　　　　　車票也輕輕鬆鬆買到手。

第2章 中学校の不安な初探訪（初探中學的不安感）

- 乗り込んで見るとマッチ箱の様な汽車だ。

  上了車，我才發現這火車車廂跟火柴盒似的。

- ごろごろと五分許り動いたと思ったら、もう降りなければならない。

  「匡噹匡噹」慢慢地晃了5分鐘，就到站下車了。

- 道理で切符が安いと思った。

  怪不得車票這麼便宜。

- たった三銭である。

  才3分錢就搞定了。

- それから車を傭って、中学校へ来たら、もう放課後で誰も居ない。

  下了火車後，我隨手招了一輛人力車。等到了學校，發現已經放學了，校園裡一個人影都沒有。

- 宿直は一寸用達に出たと小使が教えた。

  碰上個校工，他說值夜班的老師也溜了，有事出去了。

- 随分気楽な宿直がいるものだ。

  這夜班值得真是愜意啊。

095

- 校長でも尋ね様かと思ったが、草臥れたから、車に乗って宿屋へ連れて行けと車夫に云い付けた。

我尋思著還是去拜訪校長吧，可這時候我真是累得骨頭都快散了架，便一揮手讓車夫拉我去旅館。

- 車夫は威勢よく山城屋と云ううちへ横付にした。

車夫也不含糊，一路猛勁地把我拉到「山城屋」的門口。

- 山城屋とは質屋の勘太郎の屋号と同じだから一寸面白く思った。

看到這張招牌，不禁笑了，跟我家附近勘太郎家那當舖的名字簡直一字不差，真是碰上了個巧事兒。

第二章 3. 旅館での不快な体験
（旅館的不快體驗）

1
Track 25

何だか二階の階子段の下の暗い部屋へ案内した。熱くって居られやしない。こんな部屋はいやだと云ったら生憎みんな塞がっておりますからと云いながら革鞄を拠り出した儘出て行った。仕方がないから部屋の中へ這入って汗をかいて我慢して居た。やがて湯に入れと云うから、ざぶりと飛び込んで、すぐ上がった。帰りがけに覗いて見ると涼しそうな部屋が沢山空いている。失敬な奴だ。嘘をつきゃあがった。それから下女が膳を持って来た。部屋は熱つかったが、飯は下宿のより大分旨かった。給仕をしながら下女がどちらから御出になりましたと聞くから、東京から来たと答えた。すると東京はよい所で御座いましょうと云ったから当り前だと答えてやった。膳を下げた下女が台所へ行った時分、大きな笑い声が聞えた。くだらないから、すぐ寐たが、中々寐られない。熱い許りではない。騒々しい。下宿の五倍位八釜しい。うとうとしたら清の夢を見た。清が越後の笹飴を笹ぐるみ、むしゃむしゃ食って居る。笹は毒だから、よしたらよかろうと云うと、いえ此笹が御薬で御座いますと云って旨そうに食って居る。俺があきれ返って大きな口を開いてハヽヽヽと笑ったら眼が覚めた。下女が雨戸を明けている。相変らず空の底が突き抜けた様な天気だ。

單字加油站 階子段／樓梯　案内／引導　生憎／不湊巧　拠り出す／扔下　失敬／失禮　給仕／伺候　くだらない／無趣　騒々しい／嘈雑的　八釜しい／喧囂的　うとうと／昏昏欲睡　ぐるみ／連帯　相変らず／依然　突き抜ける／穿透

👉 中日朗讀

- 何(なん)だか二階(にかい)の階子段(はしごだん)の下(した)の暗(くら)い部屋(へや)へ案内(あんない)した。

  一進旅館，我就被安排在2樓樓梯下那間黑不溜秋的小屋。

- 熱(あつ)くって居(い)られやしない。

  裡面悶熱得像個蒸籠，簡直不是人住的地兒。

- こんな部屋(へや)はいやだと云(い)ったら生憎(あいにく)みんな塞(ふさ)がっておりますからと云(い)いながら革鞄(かばん)を拠(ほう)り出(だ)した儘(まま)出(で)て行(い)った。

  我說這房間我不住，女侍卻滿臉不耐煩地說：「不巧其餘房間都滿了，一點空也沒有了。」話音剛落，就「砰」地一聲把我的包扔下，扭頭走了。

- 仕方(しかた)がないから部屋(へや)の中(なか)へ這入(はい)って汗(あせ)をかいて我慢(がまん)して居(い)た。

  我無奈，只好硬著頭皮進去，汗如雨下，真是苦不堪言。

- やがて湯(ゆ)に入(はい)れと云(い)うから、ざぶりと飛(と)び込(こ)んで、すぐ上(あ)がった。

  過了不久，女侍說可以去洗澡了，我馬上奔向浴室，「咚」地一聲躍進池子裡，三下兩下地洗完，就急忙爬上來了。

- 帰(かえ)りがけに覗(のぞ)いて見(み)ると涼(すず)しそうな部屋(へや)が沢山(たくさん)空(あ)いている。

  回房間的路上，我悄悄瞥了幾眼，發現那些涼爽的房間大多空著。

098

◆ 失敬(しっけい)な奴(やつ)だ。	這些傢伙太不厚道了。
◆ 嘘(うそ)をつきゃあがった。	竟然睜眼說瞎話。
◆ それから下女(げじょ)が膳(ぜん)を持(も)って来(き)た。	剛進房間，女侍就端著晚餐進來了。
◆ 部屋(へや)は熱(あ)つかったが、飯(めし)は下宿(げしゅく)のより大分(だいぶん)旨(うま)かった。	雖然這屋子悶熱得像蒸籠，但飯菜卻比我寄宿那陣子的餐點強多了。
◆ 給仕(きゅうじ)をしながら下女(げじょ)がどちらから御出(おいで)になりましたと聞(き)くから、東京(とうきょう)から来(き)たと答(こた)えた。	女侍站在旁邊服侍著，還不忘跟我閒扯，問我是從哪兒來的。我說從東京來。
◆ すると東京(とうきょう)はよい所(ところ)で御座(ござ)いましょうと云(い)ったから当(あた)り前(まえ)だと答(こた)えてやった。	她眼睛頓時一亮，趕緊問：「東京那地方一定挺好的吧？」我不假思索地回答：「那當然！」
◆ 膳(ぜん)を下(さ)げた下女(げじょ)が台所(だいどころ)へ行(い)った時分(じぶん)、大(おお)きな笑(わら)い声(ごえ)が聞(き)こえた。	吃完晚餐後，女侍把碗筷收拾乾淨送進廚房時，外面傳來一陣喧嘩笑聲。

第 2 章 旅館での不快な体験（旅館的不快體驗）

099

- くだらないから、すぐ寐たが、中々寐られない。

真是無聊透頂,於是我早早就鑽進被窩,結果輾轉反側難以入眠。

- 熱い許りではない。

這裡不只熱得像個蒸籠。

- 騒々しい。

還吵得跟菜市場有得一拼。

- 下宿の五倍位八釜しい。

吵鬧勁頭簡直是我原先住處的5倍有餘。

- うとうとしたら清の夢を見た。

我在床上翻來覆去,終於稀里糊塗地睡著了。夢裡竟然見到了阿清婆。

- 清が越後の笹飴を笹ぐるみ、むしゃむしゃ食って居る。

她啊,正大口大口地吃著越後竹葉麥芽糖,連那包著糖的竹葉都沒放過,一起塞進嘴裡。

- 笹は毒だから、よしたらよかろうと云うと、いえ此笹が御薬で御座いますと云って旨そうに食って居る。

我要她別啃那竹葉,有毒哇。她倒不以為然,悠悠地說:「甭擔心,這竹葉可是藥呢!」吃得那叫一個有滋有味。

◆ 俺があきれ返って大きな口を開いてハハハと笑ったら眼が覚めた。

我對她真是沒轍,結果笑得前仰後合就醒了。

◆ 下女が雨戸を明けている。

正巧這時,女侍打開了那遮雨的套窗。

◆ 相変らず空の底が突き抜けた様な天気だ。

我往外一瞧,好傢伙,天兒藍得跟洗過的碧玉似的。今兒個又是個大晴天的好日子啊!

第2章 旅館での不快な体験(旅館的不快體驗)

2
Track 26

　道中をしたら茶代をやるものだと聞いて居た。茶代をやらないと粗末に取り扱われると聞いて居た。こんな、狭くて暗い部屋へ押し込めるのも茶代をやらない所為だろう。見すぼらしい服装をして、ズックの革鞄と毛繻子の蝙蝠傘を提げてるからだろう。田舎者の癖に人を見括ったな。一番茶代をやって驚かしてやろう。おれは是でも学資の余り三十円程懐に入れて東京を出て来たのだ。汽車の汽船の切符代と雑費を差し引いて、まだ十四円程ある。みんなやったって是からは月給を貰うんだから構わない。田舎者はしみったれだから五円もやれば驚いて眼を廻すに極って居る。どうするか見ろと澄して顔を洗って、部屋へ帰って待ってると、夕べの下女が膳を持って来た。盆を持って給仕をしながら、やにやにや笑っている。失敬な奴だ。顔のなかを御祭りでも通りゃしまいし。是でも此下女の

面より余っ程上等だ。飯を済ましてからにしようと思って居たが、癪に障ったから、途中で五円札を一枚出して、あとで是を帳場へ持って行けと云ったら、下女は変な顔をして居た。夫から飯を済ましてすぐ学校へ出懸けた。靴は磨いてなかった。

單字加油站 道中／旅途中　茶代／小費　粗末／怠慢　所為／緣故　ズック／帆布　毛繻子／毛紡織物（棉與毛線交織而成的紡織物）　蝙蝠傘／黑色西洋傘　見括る／輕視，瞧不起　雑費／雜項費用　しみったれ／吝嗇鬼　にやにや／冷笑　癪に障る／惹怒，令人惱火　帳場／收銀處

👉 中日朗讀

◆ 道中をしたら茶代をやるものだと聞いて居た。

早聽說在外旅行得打賞點「茶錢」。

◆ 茶代をやらないと粗末に取り扱われると聞いて居た。

如果捨不得給茶錢就會被冷落。

◆ こんな、狭くて暗い部屋へ押し込めるのも茶代をやらない所為だろう。

這不，把我塞進這又窄又暗的房間，八成是因為我沒給茶錢吧。

◆ 見すぼらしい服装をして、ズックの革鞄と毛繻子の蝙蝠傘を提げてるからだろう。

我又穿得一身寒酸，拎著兩破帆布包，撐著把舊毛絲緞質傘。

第 2 章　旅館での不快な体験（旅館的不快體驗）

- 田舎者の癖に人を見括ったな。

  明明是一群鄉巴佬，還把人給看貶了。

- 一番茶代をやって驚かしてやろう。

  等著瞧，我就偏給個大茶錢，嚇得他眼珠子都掉下來。

- おれは是でも学資の余り三十円程懐に入れて東京を出て来たのだ。

  我可是兜裡揣著付完學費，還剩下足足有30塊大洋，從東京出發的，別小看我！

- 汽車の汽船の切符代と雑費を差し引いて、まだ十四円程ある。

  話說，扣掉火車和汽船的票錢，還有那些七七八八的雜費，兜裡還剩14塊大洋呢。

- みんなやったって是からは月給を貰うんだから構わない。

  何況，就算全給他們也無所謂，反正以後每個月都有薪水進賬！

- 田舎者はしみったれだから五円もやれば驚いて眼を廻すに極って居る。

  說穿了，鄉巴佬就是小氣，給他們5塊錢，就能把他們嚇得眼睛瞪得像銅鈴。

- どうするか見ろと澄して顔を洗って、部屋へ帰って待ってると、夕べの下女が膳を持って来た。

  等著看好戲吧！我故作鎮定地洗了把臉，回房間等著。不一會兒，昨晚那女侍端著飯菜來了。

- 盆を持って給仕をしながら、やににやにや笑っている。

  她拿著盤子，一邊伺候一邊咧嘴傻笑。

- 失敬な奴だ。

  我心裡暗罵，真是沒教養的土丫頭。

- 顔のなかを御祭りでも通りゃしまいし。

  老子臉上又沒在唱大戲，有啥好看的！

- 是でも此下女の面より余っ程上等だ。

  就算這樣，也比她那張土臉強多了。

第 2 章 旅館での不快な体験（旅館的不快體驗）

- 飯を済ましてからにしようと思って居たが、癪に障ったから、途中で五円札を一枚出して、あとで是を帳場へ持って行けと云ったら、下女は変な顔をして居た。

本來想著吃完早飯再處理，可她惹得我火冒三丈，吃到半途就掏出一張 5 元的鈔票，甩給她，說：「待會兒拿去帳台結帳吧。」那丫頭立刻露出一張見鬼似的怪臉。

- 夫から飯を済ましてすぐ学校へ出懸けた。

然後，飯一吃完，我就急匆匆往學校趕。

- 靴は磨いてなかった。

結果準備出門時一低頭，瞧見鞋子居然沒幫我擦亮，真是氣得我差點跳腳。

坊ちゃん - 読解問題　　第二章 3. 旅館での不快な体験（旅館的不滿體驗）

読解力鍛えよう！感動しよう！独特の表現に込められた意味を読み取ろう！
次の文章を読んで、あとの問題に答えなさい。

> 　道中をしたら茶代をやるものだと聞いて居た。茶代をやらないと粗末に取り扱われると聞いて居た。こんな、狭くて暗い部屋へ押し込めるのも茶代をやらない所為だろう。見すぼらしい服装をして、ズックの革鞄と毛繻子の蝙蝠傘を提げてるからだろう。田舎者の癖に人を見括ったな。一番茶代をやって驚かしてやろう。おれは是でも学資の余り三十円程懐に入れて東京を出て来たのだ。汽車の汽船の切符代と雑費を差し引いて、まだ十四円程ある。みんなやったって是からは月給を貰うんだから構わない。田舎者はしみったれだから五円もやれば驚いて眼を廻すに極って居る。どうするか見ろと澄して顔を洗って、部屋へ帰って待ってると、夕べの下女が膳を持って来た。盆を持って給仕をしながら、やににやにや笑っている。失敬な奴だ。顔のなかを御祭りでも通りゃしまいし。是でも此下女の面より余っ程上等だ。飯を済ましてからにしようと思って居たが、癪に障ったから、途中で五円札を一枚出して、あとで是を帳場へ持って行けと云ったら、下女は変な顔をして居た。

問題1 この文章の「顔のなかを御祭りでも通りゃしまいし」とありますが、これはどのような意味を表現しているのでしょうか。最も適切なものを選びなさい。

1. 下女の笑顔が美しく、華やかに見える。
2. 下女が笑顔で接することを喜んでいる。
3. 下女が自分の顔を注目することに対して不快であり、過剰であると感じている。
4. 下女が祭りのように賑やかに見える。

▲ **解説：**

文の中には「顔のなかを御祭りでも通りゃしまいし」と記述されています。これは、主人公が下女に対して不快感を抱いていることを示しています。この下女が何故自分の顔に注目するのか分からない。顔にお祭りのような珍しいことが起きているわけでもないのに。このため、最も適切な選択肢は「下女が自分の顔を注目することに対して不快であり、過剰であると感じている」です。

> 1. 文の中には、主人公が下女の笑顔を美しく感じているという描写はありません。むしろ、不快感を抱いていることが明確です。

> 2. 主人公は下女の笑顔に対して不快感を抱いており、喜んでいる描写はありません。

> 4. 下女が賑やかに見えるという描写ではなく、笑顔が過剰であることを示しています。

解答：　3. 下女が自分の顔を注目することに対して不快であり、過剰であると感じている。

提升閱讀理解力！讓我們感動！從獨特的表現中讀文中深意！
請閱讀以下文章，並回答問題。

> 　　早聽說在外旅行得打賞點「茶錢」。如果捨不得給茶錢就會被冷落。這不，把我塞進這又窄又暗的房間，八成是因為我沒給茶錢吧。我又穿得一身寒酸，拎著兩破帆布包，撐著把舊毛絲緞質傘。明明是一群鄉巴佬，還把人給看貶了。等著瞧，我就偏給個大茶錢，嚇得他眼珠子都掉下來。我可是兜裡揣著付完學費，還剩下足足有 30 塊大洋，從東京出發的，別小看我！話說，扣掉火車和汽船的票錢，還有那些七七八八的雜費，兜裡還剩 14 塊大洋呢。何況，就算全給他們也無所謂，反正以後每個月都有薪水進賬！說穿了，鄉巴佬就是小氣，給他們 5 塊錢，就能把他們嚇得眼睛瞪得像銅鈴。等著看好戲吧！我故作鎮定地洗了把臉，回房間等著。不一會兒，昨晚那女侍端著飯菜來了。她拿著盤子，一邊伺候一邊咧嘴傻笑。我心裡暗罵，真是沒教養的土丫頭。老子臉上又沒在唱大戲，有啥好看的！就算這樣，也比她那張土臉強多了。本來想著吃完早飯再處理，可她惹得我火冒三丈，吃到半途就掏出一張 5 元的鈔票，甩給她，說：「待會兒拿去帳台結帳吧。」那丫頭立刻露出一張見鬼似的怪臉。

第 2 章　讀解問題　旅館での不快な體驗

問題1　文章中的「老子臉上又沒在唱大戲，有啥好看的！」這句話，表現了什麼意思？請選擇最適合的答案。
1　女侍的笑容美麗華麗。
2　女侍笑著對待他讓他感到高興。
3　主人公對女侍注視自己感到不悅，認為這太過分。
4　女侍看起來像是參加了熱鬧的祭典。

▲ 解釋：

文中提到「老子臉上又沒在唱大戲，有啥好看的」，這表明主人公對女侍感到不快。他不明白為什麼女侍會注視他的臉，畢竟自己臉上並沒有發生什麼像祭典般稀奇的事。因此，最適合的選項是「主人公對女侍注視自己感到不悅，認為這太過分」。

1. 文中並未提到主人公覺得女侍的笑容美麗，反而是感到不悅。

2. 主人公對女侍的笑容感到不悅，並沒有高興的描寫。

4. 這裡並不是指女侍看起來熱鬧，而是主人公認為她的笑容過於誇張。

解答：　3. 主人公對女侍注視自己感到不悅，認為這太過分。

坊ちゃん - 読解問題

問題2 この文章の「田舎者はしみったれだから五円もやれば驚いて眼を廻すに極って居る。」の「眼を廻す」とは、ここではどのような意味か。最も適切なものを選びなさい。

1. 田舎者が驚いて目を見開く様子。
2. 田舎者が目を回して倒れる様子。
3. 田舎者が目を細めて微笑む様子。
4. 田舎者が目をこする様子。

▲ 解説：

「眼を廻す」という表現は、驚きやショックで目を大きく見開く様子を意味しています。ここでは、田舎者が少額の五円をもらって驚き、目を見開く姿を描写しています。

2. この選択肢は正しくありません。目を回して倒れるというのは非常に極端な反応であり、文脈からも適切ではありません。ここでの「眼を廻す」は驚きの表現であり、倒れることを意味しません。

3. 目を細めて微笑む様子とは異なります。文脈的に、主人公は田舎者が五円に驚くことを期待しているため、微笑む様子は不適切です。

4. 目をこするという行為は驚きの反応とは関係ありません。驚きのあまり目を見開くという描写とは異なります。

解答： 1.田舎者が驚いて目を見開く様子。

覚えよう！言葉の意味！

1. 見すぼらしい（みすぼらしい）：外見や状態が貧弱で、貧相なこと。例文中、主人公が自分の服装を指して使っています。
2. しみったれ：けちんぼで心が狭いこと。例文中、主人公が田舎者を軽蔑して使っています。
3. 澄ます（すます）：表情や態度を整えて気取ること。例文中、主人公が自信満々に行動する様子を表しています。
4. にやにや：何かを企んでいるかのように薄笑いする様子。例文中、下女が盆を持って給仕をしながら笑っている様子を表しています。
5. 失敬（しっけい）：礼儀や敬意を欠いていること。例文中、主人公が下女の態度を非難する際に使っています。
6. 癪に障る（しゃくにさわる）他人の言動などが腹立たしく感じられること。例文中、主人公が下女の態度に対して感じた感情です。

問題2　文章中的「説穿了，鄉巴佬就是小氣，給他們5塊錢，就能把他們嚇得眼睛瞪得像銅鈴。」這句話中的「眼睛瞪得像銅鈴」在這裡意味著什麼？請選擇最適合的答案。

1　鄉巴佬驚訝得睜大眼睛。
2　鄉巴佬眼睛一翻暈倒。
3　鄉巴佬微笑著眯起眼睛。
4　鄉巴佬揉眼睛。

▲ 解釋：

「眼を廻す」這個表達意味著因為驚訝或震驚而睜大眼睛。這裡描寫了鄉巴佬因為收到5塊錢而感到驚訝，眼睛都睜得大大的。

2.這個選項不正確。「眼睛一翻暈倒」這種反應過於極端，並且與文脈不符。這裡的「眼を廻す」是表示驚訝，並不意味著會暈倒。

3.「微笑著眯起眼睛」與此文脈不符。主人公期待鄉巴佬因5塊錢而感到驚訝，因此微笑的反應不恰當。

4.「揉眼睛」這個動作與驚訝無關。這裡描寫的是因為驚訝而睜大眼睛的樣子，與「揉眼睛」不同。

解答：　1.鄉巴佬驚訝得睜大眼睛。

學習！詞語的意義！

1. 見すぼらしい（みすぼらしい）：外表或狀態貧寒、寒酸。例如，主人公形容自己的穿著。
2. しみったれ：小氣且心胸狹窄。例如，主人公對鄉巴佬的輕蔑。
3. 澄ます（すます）：整理表情或態度，故作姿態。例如，主人公自信滿滿地行動。
4. にやにや：薄笑，帶有陰險或不懷好意的意味。例如，女侍端盤時的表情。
5. 失敬（しっけい）：缺乏禮貌或敬意。例如，主人公指責女侍的態度。
6. 癪に障る（しゃくにさわる）：因他人言行而感到惱火。例如，主人公對女侍態度的感受。

第二章 4. 学校での驚きの初体験
（學校裡的驚奇初體驗）

1
Track 27

　学校は昨日車で乗りつけたから、大概の見当は分って居る。四つ角を二三度曲がったらすぐ門の前へ出た。門から玄関迄は御影石で敷きつめてある。きのう此敷石の上を車でがらがらと通った時は、無暗に仰山な音がするので少し弱った。途中から小倉の制服を着た生徒に沢山逢ったが、みんな此門を這入って行く。中にはおれより脊が高くって強そうなのが居る。あんな奴を教えるのかと思ったら何だか気味が悪くなった。名刺を出したら校長室へ通した。校長は薄髯のある、色の黒い、眼の大きな狸の様な男である。やに勿体ぶって居た。まあ精出して勉強してくれと云って、恭しく大きな印の捺った、辞令を渡した。此辞令は東京へ帰るとき丸めて海の中へ抛り込んで仕舞った。校長は今に職員に紹介してやるから、一々其人に此辞令を見せるんだと言って聞かした。余計な手数だ。そんな面倒な事をするより此辞令を三日間職員室へ張り付ける方がましだ。

單字加油站 見当／概略大約　御影石／花崗岩　仰山／誇大・誇張　小倉／棉織品（九州小倉地方生產的棉織物）　狸／貍貓　勿体ぶる／裝腔作勢　精出す／卯足幹勁　恭しい／彬彬有禮的　辞令／聘書　余計／多餘　手数／麻煩

中日朗讀

- 学校は昨日車で乗りつけたから、大概の見当は分って居る。

  昨天坐車去過一趟，所以學校的位置我大概有數。

- 四つ角を二三度曲がったらすぐ門の前へ出た。

  拐了兩、三個十字路口，不一會兒就到了學校門口。

- 門から玄関迄は御影石で敷きつめてある。

  往裡面一瞧，好傢伙，只見從大門到校舍入口，一路全是花崗石舖的。

- きのう此敷石の上を車でがらがらと通った時は、無暗に仰山な音がするので少し弱った。

  我沒忘記昨天坐車在這石板路上「匡噹匡噹」地走，吵得人腦袋嗡嗡的，簡直要炸了。

- 途中から小倉の制服を着た生徒に沢山逢ったが、みんな此門を這入って行く。

  繼續往深處走，沿途遇到不少穿著厚棉布製服的學生，各個從這門魚貫而入。

第 2 章 学校での驚きの初体験（學校裡的驚奇初體驗）

- 中にはおれより脊が高くって強そうなのが居る。

  有些人個頭比我高，長得牛高馬大，模樣強悍的。

- あんな奴を教えるのかと思ったら何だか気味が悪くなった。

  想到之後要調教這些小子，心裡不免有點發怵。

- 名刺を出したら校長室へ通した。

  拿出名片後，我被帶進了校長室。

- 校長は薄髯のある、色の黒い、眼の大きな狸の様な男である。

  校長是一位鬍子稀稀拉拉，皮膚黑得像炭，一雙大眼睛像銅鈴，活像隻大山狸的男子。

- やに勿体ぶって居た。

  一副端著架子的樣子。

- まあ精出して勉強してくれと云って、恭しく大きな印の捺った、辞令を渡した。

  他簡簡單單地說了句：「好好幹吧」，然後煞有介事地，遞給我一張蓋著大紅印章的聘書。

◆ 此辞令は東京へ帰るとき丸めて海の中へ抛り込んで仕舞った。	這張聘書後來回東京時，被我揉巴揉巴成紙團，隨手丟進了大海，成了魚兒的玩物。
◆ 校長は今に職員に紹介してやるから、一々其人に此辞令を見せるんだと言って聞かした。	校長接著對我說，待會兒會把我介紹給其他職員，還吩咐我一一出示這張聘書。
◆ 余計な手数だ。	真是費事兒，擺譜還要擺到這種地步。
◆ そんな面倒な事をするより此辞令を三日間職員室へ張り付ける方がましだ。	與其這麼折騰，乾脆直接把聘書，釘在教員休息室牆上3天，反而省心省力。

第2章 学校での驚きの初体験（學校裡的驚奇初體驗）

2 Track 28

　教員が控所へ揃うには一時間目の喇叭が鳴らなくてはならぬ。大分時間がある。校長は時計を出して見て、追々ゆるりと話す積だが、先づ大体の事を呑み込んで置いて貰おうと云って、夫から教育の精神について長い御談義を聞かした。おれは無論いゝ加減に聞いて居たが、途中から是は飛んだ所へ来たと思った。校長の云う様に

はとても出来ない。おれ見た様な無鉄砲なものをつらまえて、生徒の模範になれの、一校の師表と仰がれなくては行かんの、学問以外に個人の徳化を及ぼさなくては教育者になれないの、と無暗に法外な注文をする。そんなえらい人が月給四十円で遥々こんな田舎へくるもんか。人間は大概似たもんだ。腹が立てば喧嘩の一つ位は誰でもするだろうと思ってたが、此様子じゃ滅多に口も聞けない。散歩も出来ない。そんな六づかしい役なら雇う前にこれこれだと話すがいゝ。おれは嘘をつくのが嫌だから、仕方がない。だまされて来たのだとあきらめて、思い切りよく、ここで断って帰っちまおうと思った。宿屋へ五円やったから財布の中には九円なにがししかない。九円じゃ東京迄は帰れない。茶代なんかやらなければよかった。惜しい事をした。然し九円だって、どうかならない事はない。旅費は足りなくっても嘘をつくよりましだと思って、到底あなたの仰ゃる通りにゃ、出来ません、此辞令は返しますと云ったら、校長は狸の様な眼をぱちつかせておれの顔を見て居た。やがて、今のは只希望である、あなたが希望通り出来ないのはよく知って居るから心配しなくってもいゝと云いながら笑った。その位よく知ってるなら、始めから威嚇さなければいゝのに。

單字加油站 控所／休息處　追々／按次序　ゆるりと／緩緩地　呑み込む／理解　談義／訓誡，空洞訓話　徳化／道徳感化　法外／過分，分外　遥々／遠道而來　滅多に／罕見　雇う／雇用　惜しい／可惜的，遺憾的　到底／無論如何　ぱちつかせる／眨眼睛　威嚇す／恐嚇

👉 中日朗讀

• 教員が控所へ揃うには一時間目の喇叭が鳴らなくてはならぬ。

要讓教員們都聚到休息室，得等第一堂課的喇叭聲響起。

• 大分時間がある。

時間還早得很。

• 校長は時計を出して見て、追々ゆるりと話す積だが、先づ大体の事を呑み込んで置いて貰おうと云って、夫から教育の精神について長い御談義を聞かした。

校長從懷裡掏出表瞅了一眼，說：「細節以後咱再慢慢聊。不過現在先讓我給你捋捋大概情況。」隨後，他就開始滔滔不絕地，大談特談什麼教育精神，話匣子一開就沒完沒了。

• おれは無論いゝ加減に聞いて居たが、途中から是は飛んだ所へ来たと思った。

我當然是左耳進右耳出地聽著，聽到一半心裡直犯嘀咕：我這是到了什麼鬼地方啊？

• 校長の云う様にはとても出来ない。

校長那些高談闊論，我可是一句也做不到。

第 2 章
学校での驚きの初体験
（學校裡的驚奇初體驗）

115

◆ おれ見た様な無鉄砲なものをつらまえて、生徒の模範になれの、一校の師表と仰がれなくては行かんの、学問以外に個人の徳化を及ぼさなくては教育者になれないの、と無暗に法外な注文をする。

他居然對著我這個砲仗脾氣，扯什麼要當學生的榜樣啦，讓人景仰的模範教師啦，不光會教書，還要成為什麼以德育人的教育家啦，一口氣提了一堆附加的條件。

◆ そんなえらい人が月給四十円で遥々こんな田舎へくるもんか。

也不動腦子，真要是那麼了不起的人物，怎麼可能為每月區區40個大洋，跋山涉水跑到這鳥不拉屎的地方來？

◆ 人間は大概似たもんだ。

說到底，人哪！都差不多。

◆ 腹が立てば喧嘩の一つ位は誰でもするだろうと思ってたが、此様子じゃ滅多に口も聞けない。

誰還沒點脾氣？氣頭上吵架打架那是常有的事兒。現在看來，恐怕連開口說話都得小心翼翼。

◆ 散歩も出来ない。

更別提散步了。

第2章 学校での驚きの初体験（學校裡的驚奇初體驗）

- そんな六<small>むづ</small>かしい役<small>やく</small>なら雇<small>やと</small>う前<small>まえ</small>にこれこれだと話<small>はな</small>すがいゝ。

  要真是這麼難伺候的活兒，僱我之前怎麼不早開門見山攤開說。

- おれは嘘<small>うそ</small>をつくのが嫌<small>きらい</small>だから、仕方<small>しかた</small>がない。

  我最煩聽那些謊話，可心裡想著：得了吧。

- だまされて来<small>き</small>たのだとあきらめて、思<small>おも</small>い切<small>き</small>りよく、ここで断<small>ことわ</small>って帰<small>かえ</small>っちまおうと思<small>おも</small>った。

  既然已經上當來到這鳥不生蛋的地方，索性橫下一條心，把這破差事甩了打道回府。

- 宿屋<small>やどや</small>へ五円<small>ごえん</small>やったから財布<small>さいふ</small>の中<small>なか</small>には九円<small>きゅうえん</small>なにがししかない。

  但轉念一想，剛才不是給了旅館5塊大洋茶錢嗎？現在口袋裡只剩9塊大洋。

- 九円<small>きゅうえん</small>じゃ東京迄<small>とうきょうまで</small>は帰<small>かえ</small>れない。

  靠9塊大洋這點兒錢根本不夠回東京。

- 茶代<small>ちゃだい</small>なんかやらなければよかった。

  哎呀，早知道就不該那麼大方給那5塊錢。

- 惜しい事をした。

真是後悔得腸子都打結了。

- 然し九円だって、どうかならない事はない。

可是就算只剩下9塊這點毛毛雨，也未必就無計可施。

- 旅費は足りなくっても嘘をつくよりましだと思って、到底あなたの仰やる通りにゃ、出来ません、此辞令は返しますと云ったら、校長は狸の様な眼をぱちつかせておれの顔を見て居た。

再說，旅費不夠又能咋樣？至少比編瞎話有骨氣。於是我直截了當地對校長說：「您那些高要求，我真做不到，這聘書您還是收回去吧。」校長瞪著那雙山狸眼，愣愣地盯了我半响。

- やがて、今のは只希望である、あなたが希望通り出来ないのはよく知って居るから心配しなくってもいゝと云いながら笑った。

接著他說：「剛才那些只是期望罷了，我知道你不可能完全照做，別放在心上。」他居然邊說邊咧嘴笑，真是隻老狡猾的山狸！

- その位よく知ってるなら、始めから威嚇さなければいゝのに。

既然心知肚明，幹嘛一開始就嚇唬我呢？

3

Track 29

そう、こうする内に喇叭が鳴った。教場の方が急にがやがやする。もう教員も控所へ揃いましたろうと云うから、校長に尾いて教員控所へ這入った。広い細長い部屋の周囲に机を並べてみんな腰をかけて居る。おれが這入ったのを見て、みんな申し合せた様に俺の顔を見た。見世物じゃあるまいし。夫から申し付けられた通り一人々々の前へ行って辞令を出して挨拶をした。大概は椅子を離れて腰をかゞめる許りであったが、念の入ったのは差し出した辞令を受け取って一応拝見をして夫を恭しく返却した。丸で宮芝居の真似だ。十五人目に体操の教師へと廻って来た時には、同じ事を何返もやるので少々じれったくなった。向は一度で済む。こっちは同じ所作を十五返繰り返して居る。少しはひとの了見も察して見るがいゝ。

單字加油站 教場／教室　がやがや／喧鬧　申し合せる／商量　見世物／雜耍　宮芝居／宮廷戲劇　了見／心意，想法　察する／體察

☞ 中日朗讀

◆ そう、こうする内に喇叭が鳴った。　　正在這絮絮叨叨的功夫，下課的喇叭聲響了。

◆ 教場の方が急にがやがやする。　　教室那頭，立刻吵吵嚷嚷起來。

- もう教員も控所へ揃いましたろうと云うから、校長に尾いて教員控所へ這入った。

校長一聽，甩下一句：「教員大概也都回到休息室了吧。」便邁開步子走了過去。我連忙跟在後頭，進了教員休息室。

- 広い細長い部屋の周囲に机を並べてみんな腰をかけて居る。

這是一間細長的大房間，四周靠著牆擺滿了辦公桌，老師們一個個像模像樣地坐在那兒。

- おれが這入ったのを見て、みんな申し合せた様に俺の顔を見た。

見我一進來，大家好像事先商量好了一樣，全都齊刷刷地盯著我看。

- 見世物じゃあるまいし。

我心想，我又不是什麼稀奇動物，有啥好看的呢？

- 夫から申し付けられた通り一人々々の前へ行って辞令を出して挨拶をした。

接下來，我依照校長的吩咐，挨個走到老師們面前，一一亮出聘書，打個招呼。

- 大概は椅子を離れて腰をかゞめる許りであったが、念の入ったのは差し出した辞令を受け取って一応拝見をして夫を恭しく返却した。

他們大多只是象徵性地站起來對我點點頭，不過也有幾個戲精，拿過聘書瞄一眼，然後一本正經地遞還給我。

◆ 丸で宮芝居の真似だ。	活像在演宮廷戲。
◆ 十五人目に体操の教師へと廻って来た時には、同じ事を何返もやるので少々じれったくなった。	當我走到第15位,是個體操老師面前時,我已經快煩死了。
◆ 向は一度で済む。	人家只用做一回。
◆ こっちは同じ所作を十五返繰り返して居る。	我卻得一遍遍地來15回,真是夠嗆。
◆ 少しはひとの了見も察して見るがいゝ。	這不該體諒體諒嗎?

第2章 学校での驚きの初体験(學校裡的驚奇初體驗)

4　　Track 30

挨拶をしたうちに教頭のなにがしと云うのが居た。是は文学士だそうだ。文学士と云えば大学の卒業生だからえらい人なんだろう。妙に女の様な優しい声を出す人だった。尤も驚いたのは此暑いのにフランネルの襯衣を着て居る。いくら薄い地には相違なくっても暑いには極ってる。文学士丈に御苦労千万な服装をしたもんだ。しか

121

も夫が赤シャツだから人を馬鹿にしている。あとから聞いたら此男は年が年中赤シャツを着るんだそうだ。妙な病気があった者だ。当人の説明では赤は身体に薬になるから、衛生の為めにわざわざ誂らえるんだそうだが、入らざる心配だ。そんなら序に着物も袴も赤にすればいゝ。夫から英語の教師に古賀とか云う大変顔色の悪るい男が居た。大概顔の蒼い人は痩せているもんだが此男は蒼くふくれて居る。昔し小学校へ行く時分、浅井の民さんと云う子が同級生にあったが、此浅井の親父が矢張り、こんな色つやだった。浅井は百姓だから、百姓になるとあんな顔になるかと清に聞いて見たら、そうじゃありません、あの人はうらなりの唐茄子許り食べるから、蒼くふくれるんですと教えて呉れた。それ以来蒼くふくれた人を見れば必ずうらなりの唐茄子を食った酬だと思う。此の英語の教師もうらなり許り食ってるに違ない。尤もうらなりとは何の事か今以て知らない。清に聞いて見た事はあるが、清は笑って答えなかった。大方清も知らないんだろう。夫からおれと同じ数学の教師に堀田と云うのが居た。是は逞しい毬栗坊主で、叡山の悪僧と云うべき面構である。人が叮嚀に辞令を見せたら見向きもせず、やあ君が新任の人か、些と遊びに来給えアハゝゝと云った。何がアハゝゝだ。そんな礼儀を心得ぬ奴の所へ誰が遊びに行くものか。おれは此時から此坊主に山嵐と云う渾名をつけてやった。漢学の先生は流石に堅いものだ。昨日御着で、嘸御疲れで、夫でもう授業を御始めで、大分御励精で、――とのべつに弁じたのは愛嬌のある御爺さんだ。画学の教師は全く芸人風だ。べらべらした透綾の羽織を着て、扇子をぱちつかせて、御国はどちらでげす、え？東京？夫りゃ嬉しい、御仲間が出来て……私もこれで江戸っ子ですと云った。こんなのが江戸っ子

なら江戸には生れたくないもんだと心中に考えた。其のほか一人一人に就てこんな事を書けばいくらでもある。然し際限がないからやめる。

單字加油站 尤も／尤其・最為　フランネル／法蘭絨　わざわざ／特意，特地　誂らえる／訂製　袴／和服褲裙　ふくれる／鼓脹　うらなり／晚熟果實　唐茄子／南瓜　酬／報應　今以て／至今　逞しい／魁梧　面構／面貌　渾名／綽號　励精／勤奮　愛嬌／和藹可親　べらべら／輕薄，單薄

👉 中日朗讀

♦ 挨拶をしたうちに教頭のなにがしと云うのが居た。

在我一一打過招呼的人裡，有一位像是教務主任。

♦ 是は文学士だそうだ。

傳聞這位仁兄可是個文學士。

♦ 文学士と云えば大学の卒業生だからえらい人なんだろう。

文學士啊，那可是大學畢業生，說白了就是個大人物。

♦ 妙に女の様な優しい声を出す人だった。

可這人說起話來，聲音細細柔柔的，跟女人似的。

♦ 尤も驚いたのは此暑いのにフランネルの襯衣を着て居る。

最讓人驚掉下巴的是，這大熱天裡，他居然穿著一件法蘭絨襯衫！

第 2 章　学校での驚きの初体験（學校裡的驚奇初體驗）

123

- いくら薄い地には相違なくっても暑いには極ってる。

  這料子無論再薄，也頂不住這天氣啊。

- 文学士丈に御苦労千万な服装をしたもんだ。

  是不是當個文學士就這麼不容易，連穿衣服都得吃這麼大苦頭。

- しかも夫が赤シャツだから人を馬鹿にしている。

  而且，那傢伙還穿著一件紅襯衫，真是把人當傻子耍。

- あとから聞いたら此男は年が年中赤シャツを着るんだそうだ。

  後來，我聽說他一年到頭都穿紅襯衫。

- 妙な病気があった者だ。

  簡直是個奇葩。

- 当人の説明では赤は身体に薬になるから、衛生の為めにわざわざ誂らえるんだそうだが、入らざる心配だ。

  據他自己吹噓，紅色對身體有好處，特別衛生，專門訂做了這紅襯衫。我真是瞎操心了！

- そんなら序に着物も袴も赤にすればいゝ。

  如果真有效，何不連大袛和裙褲也都弄成紅色的，那才叫徹底呢！

第 2 章 学校での驚きの初体験（學校裡的驚奇初體驗）

◆ 夫から英語の教師に古賀とか云う大変顔色の悪い男が居た。

另外，還有個教英語的男老師，叫古賀，臉色難看到嚇人。

◆ 大概顔の蒼い人は痩せているもんだが此男は蒼くふくれて居る。

一般來說，臉色蒼白的人都是瘦骨嶙峋的，可這位古賀先生卻偏偏是又青又腫。

◆ 昔し小学校へ行く時分、浅井の民さんと云う子が同級生にあったが、此浅井の親父が矢張り、こんな色つやだった。

這使我想起上小學那會兒，班上有個同學叫淺井民，這小子他爸也是這麼個臉色。

◆ 浅井は百姓だから、百姓になるとあんな顔になるかと清に聞いて見たら、そうじゃありません、あの人はうらなりの唐茄子許り食べるから、蒼くふくれるんですと教えて呉れた。

淺井家是農民，我還真以為農民都得長這樣呢，就去問阿清婆是不是這麼回事。阿清婆告訴我：「哪兒啊，那家伙是光吃老秧子南瓜，吃得臉都跟個霉南瓜似的，青一塊紫一塊的，腫得跟個發了霉的麵包一樣。」

◆ それ以来蒼くふくれた人を見れば必ずうらなりの唐茄子を食った酬だと思う。

自打那會兒起，我一見到臉色蒼白又浮腫的人，就覺得他八成是吃老秧子南瓜吃多了，才弄得這副模樣。

- 此の英語の教師もうらなり許り食ってるに違ない。

所以，這位英語老師肯定也是，光吃老秧子南瓜吃成這副德行的。

- 尤もうらなりとは何の事か今以て知らない。

說起來，「老秧子南瓜」是啥玩意兒？我到現在也摸不著頭腦。

- 清に聞いて見た事はあるが、清は笑って答えなかった。

我曾經問過阿清婆，但她老人家就笑了笑，啥也沒說。

- 大方清も知らないんだろう。

估摸著她老人家也沒個準吧。

- 夫からおれと同じ数学の教師に掘田と云うのが居た。

接下來就要說到和我教同一門數學的老師，叫掘田。

- 是は逞しい毬栗坊主で、叡山の悪僧と云うべき面構である。

這位仁兄啊，長得倒是挺魁梧，頭上剃得跟個刺蝟似的，活脫脫一個惡僧的模樣。

第 2 章 学校での驚きの初体験（學校裡的驚奇初體驗）

- 人が丁寧に辞令を見せたら見向きもせず、やあ君が新任の人か、些と遊びに来給えアハヽヽと云った。

  當我恭恭敬敬地遞上聘書時，他愛答不理連看都不看一眼，只說：「哎呀，你就是新來的啊？有空來玩啊，哈哈哈哈！」

- 何がアハヽヽだ。

  什麼狗屁「哈哈哈哈」。

- そんな礼儀を心得ぬ奴の所へ誰が遊びに行くものか。

  這般粗魯沒教養，誰稀罕去你那兒串門啊！

- おれは此時から此坊主に山嵐と云う渾名をつけてやった。

  當下，我就給這刺蝟頭和尚取了個渾名，叫「豪豬」。

- 漢学の先生は流石に堅いものだ。

  至於教漢文的老師，果然有教養沉穩許多了。

- 昨日御着で、嘸御疲れで、夫でもう授業を御始めで、大分御励精で、――とのべつに弁じたのは愛嬌のある御爺さんだ。

  一見面就一連串的客套話：「昨天您剛到，肯定累得不輕，這麼快就開始上課，真是敬業啊！」這老爺子真是和藹得很。

127

♦ 画学の教師は全く芸人風だ。

至於那繪畫的老師，簡直像個戲子。

♦ べらべらした透綾の羽織を着て、扇子をぱちつかせて、御国はどちらでげす、え？東京？夫りゃ嬉しい、御仲間が出来て……私もこれで江戸っ子ですと云った。

穿著一身輕飄飄的薄綾外掛，手裡扇子啪嗒啪嗒地一會兒開開，一會兒合合，嘴上漫不經心道：「您是哪裡人啊？東京的？那真好，有老鄉了……咱也是江戶人哪！」

♦ こんなのが江戸っ子なら江戸には生れたくないもんだと心中に考えた。

我心裡嘀咕，江戶佬要是都像你模樣的，那我寧可不當江戶人。

♦ 其のほか一人一人に就てこんな事を書けばいくらでもある。

除此之外，還有不少奇人異事，要是每個人都寫上一段，估計得寫個3天3夜。

♦ 然し際限がないからやめる。

說來話長，還是打住吧。

5

Track 31

挨拶が一通り済んだら、校長が今日はもう引き取ってもいゝ、尤も授業上の事は数学の主任と打ち合せをして置いて、明後日から課業を始めてくれと云った。数学の主任は誰かと聞いてみたら例の山

> 嵐であった。忌々しい、こいつの下に働くのかおやおやと失望した。山嵐は「おい君どこに宿ってるか、山城屋か、うん、今に行って相談する」と云い残して白墨を持って教場へ出て行った。主任の癖に向から来て相談するなんて不見識な男だ。然し呼び付けるよりは感心だ。
>
> **單字加油站** 一通り／大略，大致　打ち合せ／事前商議　忌々しい／可恨的　おやおや／哎呀　白墨／粉筆　不見識／見識淺薄

第 2 章 学校での驚きの初体験（學校裡的驚奇初體驗）

👉 中日朗讀

◆ 挨拶が一通り済んだら、校長が今日はもう引き取ってもいゝ、尤も授業上の事は数学の主任と打ち合せをして置いて、明後日から課業を始めてくれと云った。

跟大夥兒見面招呼過後，校長說：「今兒就先這樣吧。不過，得把授課的事情跟數學主任敲定了，後天正式上課。」

◆ 数学の主任は誰かと聞いてみたら例の山嵐であった。

我問：「哪位是數學主任啊？」沒想到竟然是那頭「豪豬」。

◆ 忌々しい、こいつの下に働くのかおやおやと失望した。

真是倒了八輩子的霉，居然要在這個傢伙手下幹活，我的心情一下子從雲端跌到地獄。

◆ 山嵐は「おい君どこに宿ってるか、山城屋か、うん、今に行って相談する」と云い残して白墨を持って教場へ出て行った。

豪豬對我說：「哎，小子，你住哪兒啊，山城屋嗎？好咧，我過會兒去找你談。」說完，抓起粉筆就往教室走了。

◆ 主任の癖に向から来て相談するなんて不見識な男だ。

這主任真是個不講規矩的傢伙，做主任的居然還親自上門來找我談。

◆ 然し呼び付けるよりは感心だ。

不過好歹比讓我跑去他那兒省事，這點他還算挺上道的。

6

Track 32

夫から学校の門を出て、すぐ宿へ帰ろうと思ったが、帰ったって仕方がないから、少し町を散歩してやろうと思って、無暗に足の向く方をあるき散らした。県庁も見た。古い前世紀の建築である。兵営も見た。麻布の聯隊より立派でない。大通りも見た。神楽坂を半分に狭くした位な道幅で町並はあれより落ちる。二十五万石の城下だって高の知れたものだ。こんな所に住んで御城下だ抔と威張ってる人間は可哀想なものだと考えながらくると、いつしか山城屋の前に出た。広い様でも狭いものだ。是で大抵は見尽くしたのだろう。帰って飯でも食おうと門口を這入った。帳場に坐って居たかみさんが、おれの顔を見ると急に飛び出して来て御帰り……と板の間へ頭をつけた。靴を脱いで上がると、御座敷があきましたからと下女が

二階へ案内をした。十五畳の表二階で大きな床の間がついて居る。おれは生まれてからまだこんな立派な座敷へ這入った事はない。此後いつ這入れるか分らないから、洋服を脱いで浴衣一枚になって座敷の真中へ大の字に寝て見た。いい心持ちだ。

單字加油站 無暗／隨意，隨便　帳場／旅館等的結帳處　座敷／和室，日式房間

第2章 学校での驚きの初体験（學校裡的驚奇初體驗）

中日朗讀

◆夫から学校の門を出て、すぐ宿へ帰ろうと思ったが、帰ったって仕方がないから、少し町を散歩してやろうと思って、無暗に足の向く方をあるき散らした。

接著，我離開了學校，原本打算直接回旅館，但琢磨了一下，回去反正也是閒得慌，不如到鎮上散散步，隨便溜達溜達。

◆県庁も見た。

走著走著，瞥見了縣政府。

◆古い前世紀の建築である。

是幢舊世紀的建築。

◆兵営も見た。

還看到軍營。

◆麻布の聯隊より立派でない。

但比起麻布的聯隊營那氣派樣，還真是差遠了。

- 大通りも見た。

也瞧見了主街道。

- 神楽坂を半分に狭くした位な道幅で町並はあれより落ちる。

可街道寬度窄得像把神樂坂劈成兩半,街景也遠不如那邊。

- 二十五万石の城下だって高の知れたものだ。

雖說是個號稱25萬石的城下市區,瞧來瞧去也就這麼回事。

- こんな所に住んで御城下だ抔と威張ってる人間は可哀想なものだと考えながらくると、いつしか山城屋の前に出た。

我心裡犯嘀咕,住在這兒的人,還自鳴得意地喊自己是藩主腳下的臣民,真是可笑得緊。正這麼胡思亂想著,稀里糊塗就走到了山城屋門前。

- 広い様でも狭いものだ。

這鎮子看著挺大,其實也沒多大。

- 是で大抵は見尽くしたのだろう。

估計就這麼幾步路,該瞧的也都看得七七八八了。

第 2 章 学校での驚きの初体験（學校裡的驚奇初體驗）

◆ 帰って飯でも食おうと門口を這入った。

走累了，想著回去吃頓飯吧！於是，就鑽進了山城屋的大門。

◆ 帳場に坐って居たかみさんが、おれの顔を見ると急に飛び出して来て御帰り……と板の間へ頭をつけた。

一進門，坐在帳台的老闆娘一看到我，立馬飛奔過來迎接，說：「您回來啦……」隨即腦袋貼著地板，跪下磕頭。

◆ 靴を脱いで上がると、御座敷があきましたからと下女が二階へ案内をした。

我脫了鞋，正準備進屋，底下的女侍就來了：「有空房為您準備好了，請跟我來。」她二話不說，就把我領到２樓。

◆ 十五畳の表二階で大きな床の間がついて居る。

我一瞧，好傢伙，是一間15帖大的２樓臨街房，還帶個氣派的大壁龕。

◆ おれは生まれてからまだこんな立派な座敷へ這入った事はない。

我自打睜眼那天起，還沒進過這麼豪華的房間，真是頭一回啊。

133

- 此後いつ這入れるか分からないから、洋服を脱いで浴衣一枚になって座敷の真中へ大の字に寐て見た。

誰知道下次啥時候還能有這種福氣呢？甭管了，我把西裝一脫，換上浴衣，直接在房間中央躺成個「大」字。

- いい心持ちだ。

哎呀，這感覺，舒坦得跟神仙似的啊！

7 Track 33

昼飯を食ってから早速清へ手紙を書いてやった。おれは文章がまずい上に字を知らないから手紙をかくのが大嫌だ。又やる所もない。しかし清は心配して居るだろう。難船して死にやしないか抔と思っちゃ困るから、奮発して長いのを書いてやった。其文句はこうである。

單字加油站 難船／海難，船隻遇難　奮発／發憤，下定決心

👉 中日朗讀

- 昼飯を食ってから早速清へ手紙を書いてやった。

吃完午飯，我馬上給阿清婆寫了一封信。

- おれは文章がまずい上に字を知らないから手紙をかくのが大嫌だ。

說真的，我最討厭寫信了，不但文筆臭，還認不得幾個字，簡直是我的死穴。

◆又やる所もない。	也連個寫信嘮嗑的對象都沒有。
◆しかし清は心配して居るだろう。	可阿清婆肯定在家擔心得要命。
◆難船して死にやしないか抔と思っちゃ困るから、奮発して長いのを書いてやった。	萬一以為我遇難沉船了，那可不得了。所以我豁出去了，硬著頭皮寫了封長信給她。
◆其文句はこうである。	信的內容是這樣的：

8 Track 34

「きのう着いた。つまらん所だ。十五畳の座敷に寝て居る。宿屋へ茶代を五円やった。かみさんが頭を板の間へすりつけた。夕べは寝られなかった。清が笹飴を笹ごと食う夢を見た。来年の夏は帰る。今日学校へ行ってみんなにあだなをつけてやった。校長は狸、教頭は赤シャツ、英語の教師はうらなり、数学は山嵐、画学はのだいこ。今に色々な事をかいてやる。左様なら」

單字加油站 すりつける／磕頭

👉 中日朗讀

- 「きのう着いた。　　　　　　　　　　昨天安然抵達。

- つまらん所だ。　　　　　　　　　　　這鬼地方真是差勁透頂。

- 十五畳の座敷に寝て居る。　　　　　　現在躺在一個15帖的大房間裡。

- 宿屋へ茶代を五円やった。　　　　　　我給了旅館５塊錢茶費。

- かみさんが頭を板の間へすりつけた。　老闆娘給我磕頭道謝。

- 夕べは寝られなかった。　　　　　　　昨晚沒睡好。

- 清が笹飴を笹ごと食う夢を見た。　　　做夢夢見您老人家吃竹葉麥芽糖，連葉子都吃來著。

- 来年の夏は帰る。　　　　　　　　　　明年夏天我就回去。

第 2 章 学校での驚きの初体験（學校裡的驚奇初體驗）

- 今日学校へ行ってみんなにあだなをつけてやった。

  今天去了學校，給每個同事都取了個渾號。

- 校長は狸、教頭は赤シャツ、英語の教師はうらなり、数学は山嵐、画学はのだいこ。

  校長叫「狸貓」，教務主任叫「紅襯衫」，英語老師叫「老南瓜」，數學老師是「豪豬」，美術老師叫「馬屁精」。

- 今に色々な事をかいてやる。左様なら」

  以後還有很多趣事會寫信告訴你。就這樣吧，再見！

第二章 5. 新しい住居と新たな始まり （新居與新開始）

1 Track 35

　手紙を書いて仕舞ったら、いゝ心持になって眠気がさしたから、最前の様になって座敷の真中へのびのびと大の字に寐た。今度は夢も見ないでぐっすり寐た。この部屋かいと大きな声がするので眼が覚めたら、山嵐が這入って来た。最前は失敬、君の受持ちは……と人が起き上がるや否や談判を開かれたので大に狼狽した。受持ちを聞いてみると別段六づかしい事もなさそうだから承知した。此位の事なら、明後日は愚、明日から始めろと云ったって驚ろかない。授業上の打ち合せが済んだら、君はいつ迄こんな宿屋に居る積もりでもあるまい、僕がいゝ下宿を周旋してやるから移り玉え。外のものでは承知しないが僕が話せばすぐ出来る。早い方がいゝから、今日見て、あす移って、あさってから学校へ行けば極りがいゝと一人で呑み込んで居る。成程十五畳敷にいつ迄居る訳も行くまい。月給をみんな宿料に払っても追いつかないかもしれぬ。五円の茶代を奮発してすぐ移るのはちと残念だが、どうせ移る者なら、早く引き越して落ち付く方が便利だから、そこの所はよろしく山嵐に頼む事にした。すると山嵐は兎も角も一所に来て見ろと云うから、行った。町はずれの岡の中腹にある家で至極閑静だ。主人は骨董を売買するいか銀と云う男で、女房は亭主より四つ許り年嵩の女だ。中学校に居た時ウィッチと云う言葉を習った事があるが此女房は正にウィッチに似て居る。ウィッチだって人の女房だから構わない。とうとう

第 2 章 新しい住居と新たな始まり（新居與新開始）

明日から引き移る事にした。帰りに山嵐は通町で氷水を一杯奢った。学校で逢った時はやに横風な失敬な奴だと思ったが、こんなに色々世話をしてくれる所を見ると、わるい男でもなさそうだ。只おれと同じ様にせっかちで肝癪持らしい。あとで聞いたら此男が一番生徒に人望があるのだそうだ。

單字加油站 眠気／睡意　のびのび／悠閒　受持つ／擔任　愚／豈止　周旋／介紹，推薦　兎も角／姑且不論，無論如何　岡／丘陵　中腹／半山腰　至極／萬分，極其　年嵩／上年紀，年長　奢る／請客　せっかち／性急，急躁　肝癪持／脾氣暴躁　人望／愛戴

👉 中日朗讀

◆ 手紙を書いて仕舞ったら、いゝ心持になって眠気がさしたから、最前の様になって座敷の真中へのびのびと大の字に寐た。

把信寫完後，心情頓時舒暢了許多，睏意也上來了。於是，我又像剛才那樣，躺在房間正中央，伸展四肢，舒舒服服地擺成「大」字形。

◆ 今度は夢も見ないでぐっすり寐た。

這回我一覺睡到天亮，連個夢都沒做，睡得那叫一個香啊！

◆ この部屋かいと大きな声がするので眼が覚めたら、山嵐が這入って来た。

「就這房嗎？」一個大嗓門把我從夢中驚醒，睜開眼一看，原來是那豪豬闖了進來。

◆ 最前は失敬、君の受持ちは……と人が起き上がるや否や談判を開かれたので大に狼狽した。

「不好意思，剛才真是失禮了，你的課程安排是……」我還沒完全醒過來，這人就開始和我談起公事來，弄得我手足無措。

◆ 受持ちを聞いてみると別段六づかしい事もなさそうだから承知した。

等我聽清楚了課程安排，發現也沒啥難的，就隨口答應了下來。

◆ 此位の事なら、明後日は愚、明日から始めろと云ったって驚ろかない。

這點事兒，別說是後天，就是明天馬上開工，我眉頭都不帶皺一下的。

◆ 授業上の打ち合せが済んだら、君はいつ迄こんな宿屋に居る積もりでもあるまい、僕がいゝ下宿を周旋してやるから移り玉え。

談妥課程安排後，豪豬問我：「你總不能老住在這旅館吧？我給你介紹個好地方，去那兒住吧！

◆ 外のものでは承知しないが僕が話せばすぐ出来る。

別人說了對方不一定買賬，只有我說的才頂事。

140

第 2 章 新しい住居と新たな始まり（新居與新開始）

◆ 早い方がいゝから、今日見て、あす移って、あさってから学校へ行けば極りがいゝと一人で呑み込んで居る。

這事兒拖不得，今天看看，明天就搬，後天開始上課，這樣安排最妥當。」這傢伙竟一意孤行地替我拍板了。

◆ 成程十五畳敷にいつ迄居る訳も行くまい。

說的也是，這15帖的大房間，住著舒坦，我也不能老賴著不走。

◆ 月給をみんな宿料に払っても追いつかないかもしれぬ。

就算把整個月的薪水全砸進去，恐怕連房錢都湊不齊。

◆ 五円の茶代を奮発してすぐ移るのはちと残念だが、どうせ移る者なら、早く引き越して落ち付く方が便利だから、そこの所はよろしく山嵐に頼む事にした。

雖說我剛賭氣砸了5塊大洋給茶錢，現在就搬有點兒肉疼，但又想，反正遲早都得搬，還不如早點兒收拾妥當，省得日後麻煩。於是，我當下就把這事兒交給豪豬，說：「那就全靠你了。」

◆ すると山嵐は兎も角も一所に来て見ろと云うから、行った。

接著，豪豬回說：「甭理那麼多，先跟我走一趟。」我也沒多想，就跟著他走了。

141

◆ 町はずれの岡の中腹にある家で至極閑静だ。	那房子在鎮子邊上的半山腰,是個十分靜謐的所在。
◆ 主人は骨董を売買するいか銀と云う男で、女房は亭主より四つ許り年嵩の女だ。	房東是做古董生意的,名叫「銀子」,他那老婆子比他大4歲。
◆ 中学校に居た時ウィッチと云う言葉を習った事があるが此女房は正にウィッチに似て居る。	記得中學那會兒,學過一個英文單詞叫「WITCH」(巫婆),這位老婆子簡直和「WITCH」(巫婆)一個模樣。
◆ ウィッチだって人の女房だから構わない。	不管她是巫婆還是啥的,反正是人家的老婆,跟我半毛錢關係都沒有。
◆ とうとう明日から引き移る事にした。	最後敲定,明天就搬過去。

第 2 章
新しい住居と新たな始まり
（新居與新開始）

- 帰りに山嵐は通町で氷水を一杯奢った。

  回去的路上，豪豬在街邊小攤請我吃了一碗刨冰。

- 学校で逢った時はやに横風な失敬な奴だと思ったが、こんなに色々世話をしてくれる所を見ると、わるい男でもなさそうだ。

  在學校剛見到他的那會兒，我還覺得這傢伙目中無人，特別討人嫌。可看他現在這麼熱心地幫我張羅，倒也不算是壞人。真是知人知面不知心啊。

- 只おれと同じ様にせっかちで肝癪持らしい。

  不過，他跟我一樣，都是急性子，脾氣火爆得像點著了炮仗。

- あとで聞いたら此男が一番生徒に人望があるのだそうだ。

  後來才聽說，他在學生中還挺有口碑，竟然是個人氣教師，頗受歡迎呢。

143

坊ちゃん - 読解問題　第二章 5. 新しい住居と新たな始まり
（新居與新開始）

読解力鍛えよう！感動しよう！人間関係の変化を読み取ろう！
次の文章を読んで、あとの問題に答えなさい。

> この部屋かいと大きな声がするので眼が覚めたら、山嵐が這入って来た。最前は失敬、君の受持ちは……と人が起き上るや否や談判を開かれたので大に狼狽した。受持ちを聞いてみると別段六づかしい事もなさそうだから承知した。此位の事なら、明後日は愚、明日から始めろと云ったって驚ろかない。授業上の打ち合せが済んだら、君はいつ迄こんな宿屋に居る積りでもあるまい、僕がいゝ下宿を周旋してやるから移り玉え。外のものでは承知しないが僕が話せばすぐ出来る。早い方がいゝから、今日見て、あす移って、あさってから学校へ行けば極りがいゝと一人で呑み込んで居る。……学校で逢った時はやに横風な失敬な奴だと思ったが、こんなに色々世話をしてくれる所を見ると、わるい男でもなさそうだ。只おれと同じ様にせっかちで肝癪持らしい。あとで聞いたら此男が一番生徒に人望があるのだそうだ。

問題1 小説の中「学校で逢った時はやに横風な失敬な奴だと思ったが、こんなに色々世話をしてくれる所を見ると、わるい男でもなさそうだ。」とは具体的にどのような変化を表現したものですか、その説明としてもっとも適当なものを次の中から選んでくだなさい。

1. 山嵐が主人公を助けることで、彼の評価が他の教師たちからも上がったという変化。
2. 主人公が最初に抱いた山嵐に対する印象が、良いものに変わったという変化。
3. 山嵐が他の教師に比べて特に優れていると感じたという変化。
4. 主人公が新しい環境に慣れることができたという変化。

▲ 解説：

この文章の「学校で逢った時はやに横風な失敬な奴だと思ったが、こんなに色々世話をしてくれる所を見ると、わるい男でもなさそうだ。」の文脈から、主人公は最初に山嵐に対して失敬で嫌な奴だという印象を持っていましたが、後に色々と世話をしてくれる姿を見て、わるい男ではないと感じるようになったことがわかります。したがって、最も適当な説明は「主人公が最初に抱いた山嵐に対する印象が、良いものに変わったという変化」です。

> 1. 文中には他の教師たちの評価についての記述はありません。

> 3. この文脈では、山嵐が他の教師に比べて特に優れていると感じたわけではありません。

> 4. これは文脈から外れています。主人公が慣れたのではなく、山嵐への印象が変わったことが主題です。

解答：　2. 主人公が最初に抱いた山嵐に対する印象が、良いものに変わったという変化。

提升閱讀理解力！讓我們感動！讀取人際關係的變化！

請閱讀以下文章，並回答問題。

> 「就這房嗎？」一個大嗓門把我從夢中驚醒，睜開眼一看，原來是那豪豬闖了進來。「不好意思，剛才真是失禮了，你的課程安排是……」我還沒完全醒過來，這人就開始和我談起公事來，弄得我手足無措。等我聽清楚了課程安排，發現也沒啥難的，就隨口答應了下來。這點事兒，別說是後天，就是明天馬上開工，我眉頭都不帶皺一下的。談妥課程安排後，豪豬問我：「你總不能老住在這旅館吧？我給你介紹個好地方，去那兒住吧！別人說了對方不一定買賬，只有我說的才頂事。這事兒拖不得，今天看看，明天就搬，後天開始上課，這樣安排最妥當。」這傢伙竟一意孤行地替我拍板了。……在學校剛見到他的那會兒，我還覺得這傢伙目中無人，特別討人嫌。可看他現在這麼熱心地幫我張羅，倒也不算是壞人。真是知人知面不知心啊。不過，他跟我一樣，都是急性子，脾氣火爆得像點著了炮仗。後來才聽說，他在學生中還挺有口碑，竟然是個人氣教師，頗受歡迎呢。

問題1 文中的「學校裡見面時，我認為他是個橫衝直撞、不懂禮數的傢伙，但現在看到他這樣多方面地照顧我，覺得他也不算壞人。」具體表現了怎樣的變化？請從以下選項中選擇最合適的答案。

1 山嵐老師幫助主人公，使得其他教師對他的評價也有所提升。
2 主人公對山嵐老師的最初印象從負面變為正面。
3 主人公覺得山嵐老師比其他教師更加優秀。
4 主人公已經適應了新的環境。

▲ **解釋：**

從文中的「學校裡見面時，我認為他是個橫衝直撞、不懂禮數的傢伙，但現在看到他這樣多方面地照顧我，覺得他也不算壞人。」這句話的上下文來看，主人公起初對山嵐老師的印象是不好的，認為他粗魯且令人討厭。但隨後，看到山嵐老師多方面地照顧自己，主人公的印象有所改變。因此，最適當的解釋是「主人公對山嵐老師的最初印象從負面變為正面」。

1. 文中並未提及其他教師對山嵐老師的評價。

3. 在這個文脈中，主人公並未比較山嵐老師與其他教師的優劣。

4. 這與文脈無關，主要描述的是主人公對山嵐老師印象的改變。

解答： 2. 主人公對山嵐老師的最初印象從負面變為正面。

坊ちゃん - 読解問題

問題2 この文章の「わるい男でもなさそうだ。」とは具体的にどのような変化を表現したものですか、その説明としてもっとも適当なものを次の中から選んでください。

1. 今までは嫌っていた山嵐が、主人公にとって頼りになる存在に変わったという変化。
2. 山嵐が主人公に対して失礼な態度を改めたという変化。
3. 主人公が山嵐のことを無視するようになったという変化。
4. 山嵐が他の教師たちからも認められるようになったという変化。

▲ 解説：

この文章の「学校で逢った時はやに横風な失敬な奴だと思ったが、こんなに色々世話をしてくれる所を見ると、わるい男でもなさそうだ。」の文脈から、主人公は最初、山嵐を嫌っていましたが、後に彼が色々と世話をしてくれることで、山嵐が頼りになる存在に変わったことを示しています。したがって、最も適当な説明は「今までは嫌っていた山嵐が、主人公にとって頼りになる存在に変わったという変化」です。

2. 文中には山嵐が態度を改めたという記述はありません。

3. 主人公は山嵐を無視していません。むしろ頼りにしています。

4. 他の教師たちからの認知については言及されていません。

解答： 1. 今までは嫌っていた山嵐が、主人公にとって頼りになる存在に変わったという変化。

覚えよう！言葉の意味！

1. 失敬（しっけい）：礼儀を欠いた行為や態度。例えば、山嵐が初対面で無礼な態度を取ったこと。
2. 狼狽（ろうばい）：慌てふためくこと。例えば、山嵐が突然入ってきて主人公が「大に狼狽した」と記述されている場面。
3. 周旋（しゅうせん）：仲介して取り持つこと。特に不動産や就職などの世話をすること。例えば、山嵐が主人公のために新しい下宿を見つけてくれたこと。
4. 閑静（かんせい）：静かで落ち着いた様子。例えば、山嵐が紹介した下宿が「至極閑静」と表現されていること。
5. いか銀（いかぎん）：骨董品を売買する商人の名前。文中で新しい下宿の主人を指します。
6. 年嵩（としかさ）：年齢が上であること。例えば、いか銀の女房が彼より四つ年上であること。
7. せっかち：落ち着きがなく、急いで物事を進めたがる性格や態度。例えば、山嵐がせっかちで肝癪持ちであること。

問題2　文中的「覺得他也不算壞人」具體表現了怎樣的變化？請從以下選項中選擇最合適的答案。
1　曾經厭惡的山嵐，如今成為主人公的依賴。
2　山嵐老師改變了對主人公的失禮態度。
3　主人公開始無視山嵐老師。
4　山嵐老師得到了其他教師的認同。

▲ 解釋：

從文中的「學校裡見面時，我認為他是個橫衝直撞、不懂禮數的傢伙，但現在看到他這樣多方面地照顧我，覺得他也不算壞人。」上下文來看，主人公起初對山嵐老師心生厭惡，但隨著山嵐老師多方照顧，主人公逐漸改變了對他的看法，認為他並非壞人，甚至是可以依賴的人。因此，最合適的解釋是「曾經厭惡的山嵐老師，如今成為主人公的依賴」。

2.文中沒有提及山嵐老師改變態度。

3.主人公並沒有無視山嵐老師，反而開始依賴他。

4.文中並未提及其他教師對山嵐老師的認同。

第2章　読解問題　新しい住居と新たな始まり

解答：　1.曾經厭惡的山嵐老師，如今成為**主人公的依賴**。

學習！詞語的意義！

1. 失敬（しっけい）：指缺乏禮貌的行為或態度。例如，山嵐初次見面時的表現顯得無禮。

2. 狼狽（ろうばい）：指驚慌失措。例如，山嵐突然進來，使主人公感到狼狽。

3. 周旋（しゅうせん）：指居中調停，尤其是關於不動產或就業的幫助。例如，山嵐為主人公找到新的宿舍。

4. 閑靜（かんせい）：指安靜而平和。例如，山嵐介紹的宿舍被描述為「至極閑靜」之地。

5. いか銀（いかぎん）：是古董商的名字，文中指新宿舍的主人。

6. 年嵩（としかさ）：指年齡較大或年長。例如，銀子的妻子比他年長4歲。

7. せっかち：指性急，急於行事的性格或態度。例如，山嵐性急且脾氣暴躁。

中日對照

第一章

第二章

第一章

track 01

1. 無鉄砲な少年時代

　親譲りの無鉄砲で小供の時から損ばかりして居る。小学校に居る時分学校の二階から飛び降りて一週間程腰を抜かした事がある。なぜそんな無闇をしたと聞く人があるかも知れぬ。別段深い理由でもない。新築の二階から首を出して居たら、同級生の一人が冗談に、いくら威張っても、そこから飛び降りる事は出来まい。弱虫やーい。と囃したからである。小使に負ぶさって帰って来た時、おやじが大きな眼をして二階位から飛び降りて腰を抜かす奴があるかと云ったから、此次は抜かさずに飛んで見せますと答えた。

1. 魯莽的少年時代

　　我這脾氣啊可是遺傳來的，一點火星就能炸鍋。我從小就因為這火爆脾氣吃盡了苦頭。上小學那會兒，有一次我竟從學校的２樓跳下去，結果摔得整整一個禮拜都像個老蝦米似的直不起腰來。可能有人會問了，哎，你這是圖啥呢？其實啊，也沒啥特別的緣由。那時候，我從新蓋的２樓探出頭來，班上一個同學就不懷好意地挑釁道：「你牛什麼牛？再牛，有本事你跳下去啊！」隨後一群人跟著起鬨：「膽小鬼！膽小鬼！」這話一出，我那火爆脾氣立刻躥上來，就真的跳了下去。結果，校工背著我回家，我爸一見，眼珠子都快瞪出來了，劈頭蓋臉就是一句：「從２樓跳下來腰就彎這熊樣？真丟臉！」我不甘示弱，馬上回嘴：「你等著瞧，下次我跳個能站直的給你看看！」

track 02

　親類の者から西洋製のナイフを貰って奇麗な刃を日に翳して、友達に見せて居たら、一人が光る事は光るが切れそうもないと云った。切れぬ事があるか、何でも切って見せると受け合った。そんなら君の指を切ってみろと注文したから、何だ指位此通りだと右の手の親指の甲をはすに切り込んだ。幸ナイフが小さいのと、親指の骨が堅かったので、今だに親指は手に付いて居る。然し創痕は死ぬ迄消えぬ。

有一次，有個親戚送了我一把洋玩意兒的小刀。我在陽光下對著夥伴們顯擺那亮閃閃的美麗刀刃。有個傢伙偏偏要潑冷水，說：「看著挺亮的，可不利啥都切不動。」我一聽這話就火冒三丈，頂了回去：「怎麼不鋒利？啥都能切給你瞧瞧！」那小子壞笑著說：「那你倒是切個手指頭試試看？」他這是存心找碴。我也不含糊，瞪著眼說：「怎麼著？切個手指頭有啥大不了的？看好了！」說罷，我舉起那小刀往右手大拇指指甲上一橫劃。幸虧那刀子小，加上我大拇指的骨頭夠硬，這指頭到現在還安然無恙地長在手上。不過，這道傷疤估計是要陪我一輩子了。

2. 栗の木と質屋の息子

庭を東へ二十歩に行き尽すと、南上がりに聊か許りの菜園があって、真中に栗の木が一本立って居る。是れは命より大事な栗だ。実の熟する時分は起き抜けに脊戸を出て落ちた奴を拾ってきて、学校で食う。菜園の西側が山城屋と云う質屋の庭続きで、此質屋に勘太郎という十三四の倅が居た。勘太郎は無論弱虫である。弱虫の癖に四つ目の垣根を乗りこえて、栗を盗みにくる。ある日の夕方折戸の蔭に隠れて、とうとう勘太郎を捕まえてやった。其時勘太郎は逃げ路を失って、一生懸命に飛びかゝって来た。向うは二つ許り年上である。弱虫だが力は強い。

2. 栗樹與當鋪的兒子

　　從我們家院子往東大約走個 20 來步，就到了盡頭。盡頭南邊的坡上有一片小菜園，菜園中央種著一棵栗子樹。這棵栗子樹對我來說，那可是比我的命還要金貴。每到栗子成熟的時候，我早上一起床，就從後門溜出去，撿起那些掉在地上的栗子，帶到學校當零嘴兒。菜園的西側和一家叫「山城屋」當鋪的院子挨著，這家當鋪裡有個 13、4 歲的半大小子，名叫勘太郎。這勘太郎自然是個膽小如鼠的傢伙。但膽小歸膽小，這小子偷栗子的時候，倒是膽大包天，敢翻過井字竹籬笆，跑到我們家菜園裡來偷栗子。有一天傍晚，我貓在折疊門後的陰影裡，終於把那個來偷栗子的勘太郎逮個正著。那時勘太郎眼看跑不掉了，居然拼了命地朝我撲過來。那傢伙比我大兩歲。平時蔫不拉唧的，關鍵時刻倒還挺有股蠻勁兒。

鉢の開いた頭を、こっちの胸へ宛てゝぐいぐい押した拍子に、勘太郎の頭がすべって、おれの袷の袖の中に這入った。邪魔になって手が使えぬから、無闇に手を振ったら、袖の中にある勘太郎の頭が、左右へぐらぐら靡いた。仕舞に苦しがって袖の中から、おれの二の腕へ食い付いた。痛かったから勘太郎を垣根へ押しつけて置いて、足搦をかけて向へ倒してやった。山城屋の地面は菜園より六尺がた低い。勘太郎は四つ目垣を半分崩して、自分の領分へ真逆様に落ちて、ぐうと云った。勘太郎が落ちるときに、おれの袷の片袖がもげて、急に手が自由になった。其晩母が山城屋に詫びに行った序でに袷の片袖も取り返して来た。

他猛地用光禿禿的腦袋對著我胸口撞過來，一步步逼近。突然，他腳下一滑，整腦袋居然鑽進了我夾襖的袖筒裡。我的手臂被他的頭卡住，動彈不得，只能拼命甩手臂，結果勘太郎的腦袋跟著左右晃悠。後來他實在忍無可忍，在袖筒裡狠狠地咬住了我的手臂。我痛得齜牙咧嘴，把勘太郎一路推到竹籬笆跟前，腳下使勁一勾，他被我一把撂倒，直接摔在了他家院子那頭。由於「山城屋」院子的地勢比我們家菜園低了有6尺高。勘太郎倒下去的時候直接把半邊的井字竹籬笆給壓塌了。他痛苦地大叫一聲「啊」，一個倒栽蔥，腦袋朝下摔進了自家地界。勘太郎摔下去的那會兒，順手一拽，把我夾襖的一隻袖子給扯掉了，這下我的胳膊頓時獲得了自由。那天晚上，我老媽硬著頭皮跑到山城屋跟人家賠禮道歉，順便把那只袖筒子給要了回來。

此外いたづらは大分やった。大工の兼公と肴屋の角をつれて、茂作の人参畠をあらした事がある。人参の芽が出揃わぬ処へ藁が一面に敷いてあったから、其上で三人が半日相撲をとりつづけに取ったら、人参がみんな踏みつぶされて仕舞った。古川の持っている田圃の井戸を埋めて尻を持ち込まれた事もある。太い孟宗の節を抜いて、深く埋めた中から水が沸き出て、そこいらの稲に水がかゝる仕掛であった。其時分はどんな仕掛か知らぬから、石や棒ちぎれをぎゅうぎゅう井戸の中へ挿し込んで、水が出なくなったのを見届けて、うちへ帰って飯を食って居たら、古川が真赤になって怒鳴り込んで来た。慥か罰金を出して済んだ様である。

説起我捅過的簍子，可不只這些呢。有一次，我帶著木匠家的兼公和魚鋪的阿角，把茂作家的胡蘿蔔地糟蹋得一塌糊塗。那胡蘿蔔苗還沒長全的地方，上面鋪著一層稻草。我們3人就在那上面摔起了相撲，還玩了大半天滿頭大汗的。結果，下面的胡蘿蔔全被我們踩成了胡蘿蔔泥，真是看得人心疼得牙根兒都癢。另外一次，我做了一件讓人哭笑不得的事，把古川家田地裡的井給堵死了。搞得人家氣勢洶洶地找上門興師問罪。那井其實是用一根粗孟宗竹，打通內側的竹節，深埋在地下引水灌溉水稻的機關。當時我壓根不知道這是個啥，只顧著撿石頭、木棒拼命往裡塞，直到確定水不再冒出來才心滿意足地回家吃飯。結果飯剛端到嘴邊，古川就臉紅脖子粗地，破口大罵闖進我家。好像最後還是賠了錢才平息這事。

3. 家族の不和と母の死

　おやじは些ともおれを可愛がって呉なかった。母は兄許り贔負にして居た。此兄はやに色が白くって、芝居の真似をして女形になるのが好きだった。おれを見る度にこいつはどうせ碌なものにならないと、おやじが云った。乱暴で乱暴で行く先が案じられると母が云った。成程碌なものにはならない。御覧の通りの始末である。行く先が案じられたのも無理はない。只懲役に行かないで生きて居る許りである。

3. 家庭不睦與母親的去世

在家裡，我爸對我一點兒也不上心。我媽只知道要護我哥。我哥那細皮白肉的樣子，成天學戲，特別愛男扮女裝演花旦。老爸每次看見我就搖頭嘆息，罵上一句：「你這小子注定沒什麼前途了。」老媽更是一臉愁容：「這目無法紀的，以後可咋辦呀？」看來我真的沒啥大出息。反正就這德行了。大家擔心我的前途也不冤枉。我這輩子只求不進大牢就算燒高香了。

track 06

母が病気で死ぬ二三日前台所で宙返りをしてへっついの角で肋骨を撲って大に痛かった。母が大層怒って、御前の様なものの顔は見たくないと云うから、親類へ泊まりに行って居た。するととうとう死んだと云う報知が来た。そう早く死ぬとは思わなかった。そんな大病なら、もう少し大人しくすればよかったと思って帰って来た。そうしたら例の兄がおれを親不孝だ、おれの為めに、おっかさんが早く死んだんだと云った。口惜しかったから、兄の横っ面を張って大変叱られた。

就我媽病逝前的兩、三天吧，我在廚房裡不知發什麼瘋，翻了個筋斗，結果肋骨狠狠撞上了爐台角，疼得我眼前直發黑。我媽一看，氣得七竅生煙，怒吼道：「你這個不省心的孽障，我一刻也不想再見到你！」於是我被趕到了親戚家住。但沒多久，我媽去世的噩耗就傳來了。我真沒料到她會這麼快就撒手人寰。要是早知道她病情這麼嚴重，我應該更老實點，不再瞎折騰。我心裡滿是後悔和愧疚，回到了家。誰料到，我哥竟指責我是個不孝子，還說我害得我媽這麼早就走了。這話聽得我心裡直冒鬱火，忍不住扇了他一個大耳刮子。結果可好，我爸看見了，一頓劈頭蓋臉的臭罵又落到我頭上。

母が死んでからは、おやじと兄と三人で暮らして居た。おやじは何もせぬ男で、人の顔さえ見れば貴様は駄目だ駄目だと口癖の様に云って居た。何が駄目なんだか今に分らない。妙なおやじが有ったもんだ。兄は実業家になるとか云って頻りに英語を勉強して居た。元来女の様な性分で、ずるいから、仲がよくなかった。十日に一遍位の割で喧嘩をして居た。ある時将棋をさしたら卑怯な待駒をして、人が困ると嬉しそうに冷やかした。あんまり腹が立ったから、手に在った飛車を眉間へ擲きつけてやった。眉間が割れて少々血が出た。兄がおやじに言付けた。おやじがおれを勘当すると言い出した。

我媽走了之後，我們家就剩下我、老爸和哥哥3人過日子。我爸是個什麼都不幹的主兒，一見到我就開始嘟囔：「你這小子沒救了。沒救了。」這話幾乎成了他的口頭禪，天天掛在嘴邊念。到底哪裡沒救了，我現在也搞不清楚。怎麼就攤到這麼個莫名其妙的老爸呢！我那哥哥成天做著成為企業家的白日夢，天天埋在英語書裡猛啃，真是逗。他本來就像個娘們兒，心眼兒多還狡猾，所以我們一直處得很糟。差不多每隔10天就要大幹一架，鬧得雞飛狗跳。有一回我們下象棋，他用了一招卑鄙的伏擊黑手，看我陷入困境，還幸災樂禍地嘲笑我。我一時怒火中燒，直接把手中捏著的「飛車」狠狠地砸在他的眉心上。他的眉心被砸出了一道裂口，滲出了點血。哥哥馬上跑去找老爸告狀。老爸不問三七二十一，直接放話要把我逐出家門，斷絕父子關係。

4. 下女・清との絆

　其時はもう仕方がないと観念して先方の云う通り勘当される積もりで居たら、十年来召し使って居る清と云う下女が、泣きながらおやじに詫まって、漸くおやじの怒りが解けた。それにも関らずあまりおやじを怖いとは思わなかった。却って此清と云う下女に気の毒であった。此下女はもと由緒のあるものだったそうだが、瓦解のときに零落して、つい奉公迄する様になったのだと聞いて居る。だから婆さんである。此婆さんがどう云う因縁か、おれを非常に可愛がって呉れた。不思議なものである。母も死ぬ三日前に愛想をつかした――おやじも年中持て余している――町内では乱暴者の悪太郎と爪弾きをする――此おれを無暗に珍重してくれた。

4. 與女傭阿清婆的情誼

　　當時我已徹底絕望，心想：「斷絕關係就斷吧，有啥好怕的。」誰知道，服侍我們家 10 年的女傭名叫阿清，一聽到這事兒，哭得稀里嘩啦，鼻涕眼淚一起流，在我爸面前替我說情。這才終於平息了老爸那滔天的怒火。即便如此，我還是沒覺得我爸有多可怕。只覺得對這個叫阿清的女傭感到很過意不去。聽說這女傭以前也是挺有來歷的，只是明治維新後，世道變了，家道中落，才無奈淪落到我家當幫傭。因此，那時她也上了年紀。不知道為啥，這位老女傭對我特別關心。真是件讓人摸不著頭緒的事。母親臨走前 3 天，對我徹底死心了。我爸一年到頭都對我無可奈何。在街坊鄰居眼裡，我就是個專門惹事的小霸王，大家見了都避著走。只有阿清婆把我當成寶貝疙瘩。

おれは到底人に好かれる性ではないとあきらめて居たから、他人から木の端の様に取り扱われるのは何とも思わない、却って此清の様にちやほやしてくれるのを不審に考えた。清は時々台所で人の居ない時に「あなたは真っ直ぐでよい御気性だ」と賞める事が時々あった。然しおれには清の云う意味が分からなかった。好い気性なら清以外のものも、もう少し善くしてくれるだろうと思った。清がこんな事を云う度におれは御世辞は嫌だと答えるのが常であった。すると婆さんは夫だから好い御気性ですと云っては、嬉しそうにおれの顔を眺めて居る。自分の力でおれを製造して誇っている様に見える。少々気味がわるかった。

我早就看開了，知道自己這脾氣不討人喜歡，別人把我當廢物不搭理，我也不在意。反倒是阿清婆這樣寵我，讓我真是百思不得其解。阿清婆有時候在廚房裡，左右沒人時，總會誇我幾句：「你這性子真是坦坦蕩蕩，心地純潔。」阿清婆這麼誇我，可惜我壓根兒不懂她是什麼意思。要是真心好，別人也該對我友善點兒啊，不至於就她一個人對我好。於是，每次阿清婆這麼誇我，我就回她：「別拍馬屁了，我不吃這套。」阿清婆聽了，總是樂呵呵地接著說：「正因為這樣，才說明你心好嘛。」說完，還笑瞇瞇地端詳我。那副自豪的表情，好像我是她親手「打造」出來的似的。這讓我有點兒後脊梁發冷。

母が死んでから愈おれを可愛がった。時々は小供心になぜあんなに可愛がるのかと不審に思った。つまらない、廃せばいゝのにと思った。気の毒だと思った。夫でも清は可愛がる。折折は自分の小遣で金鍔や紅梅焼を買ってくれる。寒い夜などはひそかに蕎麦粉を仕入れて置いて、いつの間にか寐て居る枕元へ蕎麦湯を持って来てくれる。時には鍋焼饂飩さえ買ってくれた。只食い物許りではない。靴足袋ももらった。鉛筆も貰った。帳面も貰った。是はずっと後の事であるが金を三円許り貸してくれた事さえある。何も貸せと云った訳ではない。向で部屋へ持って来て御小遣がなくて御困りでしょう、御使いなさいと云って呉れたんだ。おれは無論入らないと云ったが、是非使えと云うから、借りて置いた。実

老媽走了之後,她對我更是關愛有加。那時候我還小,不懂什麼人情冷暖,但有時我也犯嘀咕,她怎麼就這麼疼我這個小淘氣鬼。真是無聊透頂,我倒寧願她別這麼寵我。不過我又覺得她怪可憐的。不管我心裡怎麼琢磨,阿清婆對我那可是掏心掏肺的好。時不時還從自己的私房錢摳出幾個銅板,買些金錠豆餡點心和紅梅燒給我。冬天裡,她會偷偷地備好蕎麥粉,碰上冷得直打哆嗦的夜晚,她就像貓兒似的,把熱呼呼的蕎麥湯端到我枕邊。有時候還會破費買砂鍋烏龍麵給我吃。阿清婆不光給我買吃的。還給我買襪子、鉛筆、筆記本,啥都給我準備得妥妥當當。有一次,她竟然借給我 3 塊大洋,不過這是許多年後的事了。當時我壓根兒沒開口跟她借錢。是她自個兒跑到我房間,眉頭一皺說:「你這小窮鬼,連個零用錢都沒有,真是難為你了,這點錢你就帶著吧。」說完,也不管我同不同意,就硬塞給我 3 塊大洋。我當然拒絕了,但她硬是逼我收下。

は大変嬉しかった。其三円を蝦蟇口へ入れて、懐へ入れたなり便所へ行ったら、すぽりと後架の中へ落して仕舞った。仕方がないから、のそのそ出て来て実は是々だと清に話した所が、清は早速竹の棒を捜して来て、取って上げますと云った。しばらくすると井戸端でざあざあ音がするから、出て見たら竹の先へ蝦蟇口の紐を引き懸けたのを水で洗って居た。夫から口をあけて壱円札を改めたら茶色になって模様が消えかゝって居た。清は火鉢で乾かして、是でいゝでしょうと出した。一寸かいで見て臭いやと云ったら、それじゃ御出しなさい、取り換えて来て上げますからと、どこでどう胡魔化したか札の代わりに銀貨を三円持って来た。此三円は何に使ったか忘れて仕舞った。今に返すよと云ったぎり、返さない。今となっては十倍にして返してやりたくても返せない。

沒辦法，我只好説當作是借的。坦白講，我當時心裡樂開了花。我把那 3 塊大洋小心翼翼地放進小錢袋，然後揣進懷裡就去上廁所了。結果「撲通」一聲，小錢袋掉進了糞坑。無奈之下，我只好垂頭喪氣地從廁所出來，老老實實地把事情告訴阿清婆。她聽了也不惱，立刻拿來一根竹竿，説：「瞧我的，我一定給你撈出來。」一會兒，井邊傳來嘩啦嘩啦的水聲。我跑出來一看，阿清婆正用水沖洗那竹竿尾勾住繩子的小錢袋呢。洗完後，她立刻打開錢袋，檢查那幾張紙鈔，只見變成了茶色，花紋也褪得快看不見了。阿清婆用火盆把它烤乾，然後説：「這下搞定了吧？」，便遞給了我。我靠近一聞，皺著鼻子説：「太臭了。」阿清婆笑著説：「那你給我，我去幫你換。」誰知她用了什麼鬼點子，居然把那 3 張臭烘烘的紙票換回了 3 枚銀光閃閃的銀幣。這 3 枚銀幣最後花在哪裡了，我早就一點兒印象都沒有了。當時信誓旦旦地説「很快還你，放心」，現在卻一直欠著。眼下就算我想以 10 倍奉還，也找不著機會了。

清が物を呉れる時には必ずおやじも兄も居ない時に限る。おれは何が嫌だと云って人に隠れて自分丈得をする程嫌な事はない。兄とは無論仲がよくないけれども、兄に隠して清から菓子や色鉛筆を貰いたくはない。なぜ、おれ一人に呉れて、兄さんには遣らないのかと清に聞く事がある。すると清は澄ましたもので御兄様は御父様が買って御上げなさるから構いませんと云う。是は不公平である。おやじは頑固だけれども、そんな依怙贔負はせぬ男だ。然し清の眼から見るとそう見えるのだろう。全く愛に溺れて居たに違ない。元は身分のあるものでも教育のない婆さんだから仕方がない。単に是許ではない。贔負目は恐ろしいものだ。清はおれを以て将来立身出世して立派なものになると思い込んで居た。

每次阿清婆給我東西，總是趁著老爸和我哥不在時偷偷塞給我。可我特別討厭這種偷偷摸摸的獨享，心裡別提多彆扭了。儘管我和我哥不合，但也不想讓阿清婆背地裡單單給我零食或鉛筆。我曾問過阿清婆：「為什麼只給我，不給我哥？」阿清婆淡定得很，說：「你哥哥有你爸買東西給他，不用你操心。」這話聽著就不公平。我老爸固執是固執，但他不偏心。但在阿清婆眼裡，我爸就是個偏心眼。阿清婆顯然是被她對我那過分的疼愛，給沖昏了頭。儘管她以前也算有些來頭，但畢竟是個沒上過學的老太太，這麼做也情有可原。但這還不算完。她對我的偏愛程度，簡直到了讓人背脊發涼的地步。阿清婆認定我將來一定能功成名就，成為了不起的人物。

其癖勉強をする兄は色許り白くって、迚も役には立たないと一人できめて仕舞った。こんな婆さんに逢っては叶わない。自分の好きなものは必ずえらい人物になって、嫌なひとは屹度落ち振れるものと信じて居る。おれは其時から別段何になると云う了見もなかった。然し清がなるなると云うものだから、矢っ張り何かに成れるんだろうと思って居た。今から考えると馬鹿々々しい。ある時抔は清にどんなものになるだろうと聞いて見た事がある。所が清にも別段の考もなかった様だ。只手車へ乗って、立派な玄関のある家をこしらえるに相違ないと云った。

她私下對我那用功讀書的老哥嗤之以鼻,覺得他除了皮膚白淨,其他根本不頂用。遇到這樣的老太太,真是沒辦法跟她講理。她死心眼地相信,凡是她喜歡的人將來必定是大富大貴,出人頭地;而凡是她看不順眼的,注定是倒霉落魄,窮困潦倒。那會兒,我對未來沒啥特別的打算。可阿清婆總說我會出人頭地,天天在耳邊念叨,念得我也開始琢磨,或許我真有可能成什麼大人物?現在想想,真是傻得冒泡。有一次,我忍不住問阿清婆:「我將來會成為什麼樣的大人物?」可她倒也沒個具體想法。只是說:「你出入都是坐著馬車,住的地方那可是蓋得跟堂皇府第似的,有著氣派非凡的大門!」

夫から清はおれがうちでも持って独立したら、一所になる気で居た。どうか置いて下さいと何遍も繰り返して頼んだ。おれも何だかうちが持てる様な気がして、うん置いてやると返事丈はして置いた。所が此女は中々想像の強い女で、あなたはどこが御好き、麹町ですか麻布ですか、御庭へぶらんこを御こしらえ遊ばせ、西洋間は一つで沢山です抔と勝手な計画を独りで並べて居た。其時は家なんか欲しくも何ともなかった、西洋館も日本建も全く不用であったから、そんなものは欲しくないと、いつでも清に答えた。すると、あなたは慾がすくなくって、心が奇麗だと云って又賞めた。清は何と云っても賞めてくれる。

阿清婆還盤算著，等我安家落戶後，她也能跟我住一塊兒。她不知念叨了多少回苦苦哀求我：「務必讓我留下來！」至於我，隨口敷衍她：「行行行，肯定留你的。」那口吻彷彿我已經家大業大了。誰知道，阿清婆的腦袋瓜子特別活泛，聽我這麼一說，立刻開始自顧自地描畫起來：「你說說，您喜歡哪裡？是住麴町呢，還是麻布？我們可以在院子裡裝個鞦韆架，一間洋房就足夠應付了。」那時候，我對什麼有自己的家呀，真是一點興趣也沒有，什麼西洋館、日本建築的，聽了都頭痛。於是我老對阿清婆說：「我不稀罕那些玩意兒。」她倒好，笑著說：「你這人慾望少，心地善良啊！」又不忘順便捧我兩句。無論我怎麼說，阿清婆總能找到理由誇我。

母が死んでから五六年の間は此状態で暮らして居た。おやじには叱られる。兄とは喧嘩する。清には菓子を貰う、時々賞められる。別に望もない。是で沢山だと思って居た。ほかの小供も一概にこんなものだろうと思って居た。只清が何かにつけて、あなたは御可哀想だ、不仕合だと無暗に云うものだから、それじゃ可哀想で不仕合せなんだろうと思った。其外に苦になる事は少しもなかった。只おやじが小遣を呉れないには閉口した。

我媽過世後的5、6年裡，我們就這麼過日子的。遭老爸數落。和老哥沒事就幹架。阿清婆塞給我糖果吃，時不時還不忘誇我兩句。我也沒啥奢侈的念頭。覺得這樣的日子也能湊合著過。心裡意外，別人家的小孩估計也跟我一樣。只有阿清婆但凡瞧見我稍微攤上點事兒，就會沒來由地說：「你真可憐，太不幸啦。」搞得我還真覺得自己可能是天底下最可憐、最不幸的人了。除了這點，啥苦都沒嚐過。只是老爸這鐵公雞一毛不拔，不給我零花錢，搞得我心裡直犯嘀咕。

5. 父の死と兄との別れ

　母が死んでから六年目の正月におやじも卒中で亡くなった。其年の四月におれはある私立の中学校を卒業する。六月に兄は商業学校を卒業した。兄は何とか会社の九州の支店に口があって行かなければならん。おれは東京でまだ学問をしなければならない。兄は家を売って財産を片付て任地へ出立すると云い出した。おれはどうでもするが宜かろうと返事をした。どうせ兄の厄介になる気はない。世話をしてくれるにした所で、喧嘩をするから、向でも何とか云い出すに極って居る。なまじい保護を受ければこそ、こんな兄に頭を下げなければならない。牛乳配達をしても食ってられると覚悟をした。

5. 父親的去世與哥哥的分道揚鑣

　　老媽去世後的第6個春節，老爸也因中風走了。那年的4月，我畢業於一所私立中學。6月，老哥從商業學校畢業。在一個啥名字都記不住的公司九州支店撈了個差事，得搬到那邊去幹活兒。至於我呢？還得老老實實留在東京繼續上學。我哥提議，要把家當全給變賣了，然後去九州上班。我懶得理他怎麼折騰，說：「你愛咋折騰，就咋折騰吧。」反正也沒打算靠他養活。就算他有心照顧我，我們肯定還是得幹架，到時候少不了鬧得雞飛狗跳，各走各的路。要忍受他那彆彆扭扭的管束，還得在他面前矮半截，真是憋屈得慌。我早就打好主意了，送牛奶也能餬口度日，反正天塌不下來。

兄は夫から道具屋を呼んで来て、先祖代々の瓦落多を二束三文に売った。家屋敷はある人の周旋である金満家に譲った。此方は大分金になった様だが、詳しい事は一向知らぬ。おれは一ケ月以前から、しばらく前途の方向のつく迄神田の小川町へ下宿して居た。清は十何年居たうちが人手に渡るのを大に残念がったが、自分のものでないから、仕様がなかった。あなたがもう少し年を取って入らっしゃれば、ここが御相続が出来ますものをとしきりに口説いて居た。もう少し年を取って相続が出来るものなら、今でも相続が出来る筈だ。婆さんは何も知らないから年さえ取れば兄の家がもらえると信じて居る。

我哥隨後找了個舊貨商，把祖上留下的舊家具以2束3文的價格，全都賤價處理了。家宅則在一個中介的撮合下，賣給了一戶有錢人家。賣房子倒是賺了不少錢，但我對這裡面的彎彎繞繞是一點也不清楚。一個月前，我暫時搬到了神田小川町的寄宿公寓，等以後有了準信兒再說下一步該咋整吧。阿清婆對住了10幾年的老宅被賣掉，心疼得不得了，可惜房子又不是她的，她也只能唉聲嘆氣，乾瞪眼。她沒完沒了地跟我嘮叨：「您要是年紀再大點兒，這房子就歸您繼承了。」要是年紀再大些就能繼承，那現在早就拿下了呀。她真是沒搞清楚狀況，以為年紀一上來，就能順理成章地接管我哥的家產。

兄とおれは斯様に分れたが、困ったのは清の行く先である。兄は無論連れて行ける身分でなし、清も兄の尻にくっ付いて九州下り迄出掛ける気は毛頭なし、と云って此時のおれは四畳半の安下宿に籠って、夫すらもいざとなれば直ちに引き払わねばならぬ始末だ。どうする事も出来ん。清に聞いて見た。どこかへ奉公でもする気かねと云ったらあなたが御うちを持って、奥さまを御貰いになる迄は、仕方がないから、甥の厄介になりましょうと漸く決心した返事をした。此甥は裁判所の書記で先づ今日には差支なく暮して居たから、今迄も清に来るなら来いと二三度勧めたのだが、清は仮令下女奉公はしても年来住み馴れた家の方がいゝと云って応じなかった。然し今の場合知らぬ屋敷へ奉公易をして入らぬ気兼を仕直すより、甥の厄介になる方がましだと思ったのだろう。夫にしても早くうちを持ての、妻を貰えの、来て世話をするのと云う。親身の甥よりも他人のおれの方が好きなのだろう。

我和我哥就這麼各奔東西了，但最讓人搖頭的是阿清婆的安置。以我哥的地位來看，自然不可能帶上她，阿清婆也死活不願意尾隨我哥跑去九州。而我那時候，住在一個四疊半的小破宿舍，簡直像個鳥籠，隨時都有可能打包走人。真是沒轍。我問阿清婆她打算咋整。「你是不是考慮去別人家幫傭？」她終於下定決心，回答道：「等到您有了自己的大宅子，娶了媳婦之前，我只好先去投靠我那甥兒。」這個甥兒是法院的書記官，日子過得那叫一個滋潤。他以前也三番五次勸阿清婆搬去他那裡住，說：「立刻搬過來同住也沒啥問題。」但阿清婆總說：「在這兒雖然是幹下人的活，畢竟住得習慣，心裡踏實。」所以一直沒答應。不過，這回阿清婆倒是想通了，與其去陌生人家裡幫傭，忍氣吞聲，還不如搬到她甥兒那裡去，安安心心地過日子呢。哪怕這樣，她還是不停地催促我：「少爺您得趕緊蓋起自己的大宅子，娶個媳婦兒，好讓我回來伺候您。」看來，比起親甥兒，她對我這個外人還更上心呢。

九州へ立つ二日前兄が下宿へ来て六百円出して是を資本にして商買をするなり、学資にして勉強するなり、どうでも随意に使うがいい、其代わりあとは構わないと云った。兄にしては感心なやり方だ。何の六百円位貰わんでも困りはせんと思ったが、例に似ぬ淡泊な処置が気に入ったから、礼を云って貰って置いた。兄は夫から五十円出して之を序に清に渡してくれと云ったから、異議なく引き受けた。二日立って新橋の停車場で分れたぎり兄には其後一遍も逢わない。

離我哥動身九州還有兩天，他跑到我的小破宿舍，塞給我600塊大洋，說這錢做經商的資本也好，交學費繼續學習也行，你愛咋花咋花。不過，以後就別指望我再管你了。我哥這安排，算他有兩下子。雖然我不拿這600塊也不至於餓死，但他這異乎尋常的豪爽態度，挺對我胃口，於是我笑納了，還道了個「謝謝」。接著，我哥又掏出50塊錢，說：「你順便把這錢給阿清吧。」我自然是一口答應，毫不客氣地接過了。兩天後，我們在新橋車站分了手，從此再也沒見過面。

おれは六百円の使用法に就て寐ながら考えた。商買をしたって面倒くさくって旨く出来るものじゃなし、ことに六百円の金で商買らしい商買がやれる訳でもなかろう。よしやれるとしても、今の様じゃ人前へ出て教育を受けたと威張れないから詰り損になる許りだ。資本抔はどうでもいいから、これを学資にして勉強してやろう。六百円を三に割って一年に二百円宛使えば三年間は勉強が出来る。三年間一生懸命にやれば何か出来る。夫からどこの学校に這入ろうと考えたが、学問は生来どれもこれも好きでない。ことに語学とか文学とか云うものは真平御免だ。

我四仰八叉地躺在床上，盤算著這600塊大洋怎麼花。做生意吧，實在麻煩，而且我這人也沒那本事，大概搞不成。尤其是靠這小小600塊，真幹不成啥像樣的生意。就算勉強能成，就我這德行，也沒辦法在人前自吹自擂自己是個高材生，最後還是得不償失。與其做生意瞎折騰，不如拿這錢當學費，好好念書。把這600塊分成3份，每年花200塊，這樣我就能讀3年書了。3年內努努力，應該能混出點名堂。於是，我盤算著去哪所學校，但我天生對什麼學問都沒興趣。尤其討厭什麼外語啦！文學啦！一聽就犯暈。

新体詩などと来ては二十行あるうちで一行も分らない。どうせ嫌なものなら何をやっても同じ事だと思ったが、幸い物理学校の前を通り掛かったら生徒募集の広告が出て居たから、何も縁だと思って規則書をもらってすぐ入学の手続きをして仕舞った。今考えると是も親譲りの無鉄砲から起った失策だ。

要是讓我讀新體詩，20 行裡頭恐怕連一行也摸不著頭腦。我想著，既然都討厭，學什麼都一個樣。有一天，正巧路過物理學校校門口，看到貼出的招生啟事，我尋思，這也是一種緣分吧。於是拿了份報名手冊，當下就辦了入學手續。現在回頭想想，真是個大失誤，都是我那親爹娘遺傳的，這股子一頭熱的蠢勁兒惹的禍。

track 17

　三年間まあ人並に勉強はしたが別段たちのいゝ方でもないから、席順はいつでも下から勘定する方が便利であった。然し不思議なもので、三年立ったらとうとう卒業して仕舞った。自分でも可笑しいと思ったが苦情を云う訳もないから大人しく卒業して置いた。

3年裡，我勉勉強強，也跟著大家混著學。但由於本來就沒啥好天賦，説到考試成績，那必定是從後頭往前數比較容易。讓人哭笑不得的是，3年後，我居然也莫名其妙地安然無恙畢業了。連自己心裡都暗笑，不過也沒啥可挑剔的，所以我規規矩矩地畢了業。

卒業してから八日目に校長が呼びに来たから、何か用だろうと思って、出掛けて行ったら、四国辺のある中学校で数学の教師が入る。月給は四十円だが、行ってはどうだと云う相談である。おれは三年間学問はしたが実を云うと教師になる気も、田舎へ行く考えも何もなかった。尤も教師以外に何をしようと云うあてもなかったから、此相談を受けた時、行きましょうと即座に返事をした。是も親譲りの無鉄砲が祟ったのである。

畢業後第 8 天，校長找我，說有事要商量。我以為出啥大事了呢，結果一過去，他就跟我說：「四國那邊有個中學，數學老師缺位呢，你願意過去頂上不？」月薪 40 元，問我願不願意去。我心裡琢磨著，雖然讀了 3 年書，壓根兒沒想過當什麼老師，更別說跑去鄉下教書了。可是呢！除了當老師這條路，我也沒啥別的打算，見校長這麼正經八百地找我商談，當然就痛快地答應了。這也是我那爹娘遺傳的急躁脾氣在作祟。

引き受けた以上は赴任せねばならぬ。此三年間は四畳半に蟄居して小言は只の一度も聞いた事がない。喧嘩もせずに済んだ。おれの生涯のうちでは比較的呑気な時節であった。然しこうなると四畳半も引き払わねばならん。生まれてから東京以外に踏み出したのは、同級生と一所に鎌倉へ遠足した時許りである。今度は鎌倉所ではない。大変な遠くへ行かねばならぬ。地図で見ると浜辺で針の先程小さく見える。どうせ碌な所ではあるまい。どんな町で、どんな人が住んでるか分らん。分らんでも困らない。心配にはならぬ。只行く許である。尤も少々面倒臭い。

既然承諾了,那就非去不可。這3年以來,我一直悶頭鑽在這4疊半的小窩裡。從沒聽過一句閒言碎語。也沒跟人吵過嘴。坦白講,這段時間是我人生中,最悠閒自在的舒心日子。然而,眼下這情況,這間4疊半也得跟我說拜拜了。打我從娘胎裡出來,除了和同學一起去鎌倉遠足,我就沒踏出過東京半步。這次的任職地點可不是什麼鎌倉能比的。遠得太多了!那地方從地圖上看來,就在海邊上的小地方,針尖點兒小。肯定不是啥好地方。我壓根不知道那地方是啥模樣,住的都是些啥樣的人。不知道也沒事兒。這有啥好操心的呢。反正去了再說。大不了多些瑣事罷了。

家を畳んでからも清の所へは折々行った。清の甥と云うのは存外結構な人である。おれが行くたびに、居りさえすれば、名にくれと款待なして呉れた。清はおれを前に置いて、色々おれの自慢を甥に聞かせた。今に学校を卒業すると麹町辺へ屋敷を買って役所へ通うのだ抔などと吹聴した事もある。独りで極めて一人で喋舌るから、こっちは困って顔を赤くした。夫も一度や二度ではない。折々おれが小さい時寐小便をした事迄持ち出すには閉口した。甥は何と思って清の自慢を聞いて居たか分らぬ。只清は昔風の女だから、自分とおれの関係を封建時代の主従の様に考えて居た。自分の主人なら甥の為にも主人に相違ないと合点したものらしい。甥こそいい面の皮だ。

搬了家後，我還是隔三差五常去探望阿清婆。阿清婆那外甥比我想像中的還要靠譜。每次我一到，只要他在家，肯定盡力盛情接待我。阿清婆呢，當著我的面，老是左一個右一個地在她外甥前給我吹噓抬轎子。甚至還放話過，說我一畢業就能在麴町置辦大房子，還能進政府當官。阿清婆總是自顧自地吹得天花亂墜，把我弄得面紅耳赤，窘迫得不知所措。這情況還不止一回兩回，她竟然反反復復地講。更讓我哭笑不得的是，她三天兩頭，會揭我小時候尿床的老底，讓我尷尬不已。聽著阿清婆的自吹自擂，我真不知道她甥兒心裡到底是啥感覺。阿清婆是個老封建一根筋的女人，她硬是把我們的關係當成封建時代的主僕關係。還似乎暗地裡認為，如果我是她的主人，那我當然也就是她甥兒的主人。這麼一來，她那甥兒可真是倒夠憋屈了。

愈約束が極まって、もう立つと云う三日前に清を尋ねたら、北向の三畳に風邪を引いて寐て居た。おれの来たのを見て起き直るが早いか、坊っちゃん何時家を御持ちなさいますと聞いた。卒業さえすれば金が自然とポッケットの中に沸いて来ると思って居る。そんなにえらい人をつらまえて、まだ坊っちゃんと呼ぶのは愈馬鹿気て居る。おれは単簡に当分うちは持たない。田舎に行くんだと云ったら、非常に失望した容子で、胡麻塩の鬢の乱れを頻りに撫でた。余り気の毒だから「行く事は行くがじき帰る。来年の夏休みには屹度帰る」

到四國當數學老師的安排終於塵埃落定。在啟程的前3天，我特意去探望了阿清婆。偏巧她染了風寒，正躺在一間朝北的3疊房裡，顯得格外孤零冷清。一見我進來，她立刻撐起身子，急匆匆地問道：「少爺啥時候買大宅子呀？」她那神情，好像我一畢業，金錢就能像井噴似地從口袋裡湧出來。但要是真有這麼神通廣大，她還在這兒「少爺、少爺」地喊，不覺得傻乎乎的嗎？我也沒細說，只是輕描淡寫地回了句：「現在還顧不上。」當她一聽我說：「立刻就得去鄉下了。」臉上的笑容立刻塌了，變成一副特別失望的模樣，手不停地捋著那亂糟糟的斑白鬢髮。我瞧著挺心酸的，就安慰她說：「放心吧，去去就回。明年暑假，我保準回來。」

と慰めてやった。夫でも妙な顔をして居るから「何を見やげに買って来てやろう、何が欲しい」と聞いて見たら「越後の笹飴が食べたい」と云った。越後の笹飴なんて聞いた事もない。第一方角が違う。「おれの行く田舎には笹飴はなさそうだ」と云って聞かしたら「そんなら、どっちの見当です」と聞き返した。「西の方だよ」と云うと「箱根のさきですか手前ですか」と問う。随分持てあました。

但她還是一臉愁雲密布。見狀，我趕緊換個話題：「別難過啊，我會帶些特產回來，你想要啥？」她想了想，說：「我想要吃越後的竹葉包的麥芽糖。」越後竹葉包的麥芽糖？這可是頭一回聽說。這哪跟哪啊，暫且不提其他的，首先這地理方向就不對嘛。我說：「我打算去的，那個鄉下，怕沒這竹葉包的麥芽糖。」她不依不饒，追問：「那你到底要去哪裡？」我一說是西邊，她馬上問：「那是在箱根的這頭呢？還是那頭？」真是無奈。

出立の日には朝から来て、色々世話をやいた。来る途中小間物屋で買って来た歯磨と楊子と手拭をズックの革鞄に入れて呉れた。そんな物は入らないと云っても中々承知しない。車を並べて停車場へ着いて、プラットフォームの上へ出た時、車に乗り込んだおれの顔を昵と見て「もう御別れになるかも知れません。随分御機嫌よう」と小さな声で云った。目に涙が一杯たまって居る。おれは泣かなかった。然しもう少しで泣く所であった。汽車が余っ程動きだしてから、もう大丈夫だろうと思って、窓から首を出して、振り向いたら、矢っ張り立って居た。何だか大変小さく見えた。

到了啟程那天，阿清婆一大早就到了，手忙腳亂地幫我收拾行李。她把路上從雜貨店買的牙刷、牙籤、毛巾，全都像塞蘿蔔似的塞進帆布包裡。我說這些玩意兒用不上，她壓根不聽，自顧自地忙活著。我們坐上兩輛黃包車，並排著到了火車站的停車場，她一路護送我到月台，眼巴巴地看著我上了車，小聲嘀咕：「說不定這次一別，就再也見不著少爺了。您要多多保重啊！」她眼睛裡噙滿了淚水。我倒是沒哭。可眼淚也快撐不住了。正巧火車這時啟動了，過會兒我心裡琢磨，這下總該離開了吧。但我從車窗探出頭往後一瞧，只見她還在那兒杵著。人影已經縮得像豆子那麼小了。

第二章

track 23

1. 辺鄙な漁村への到着

　ぶうと云って汽船がとまると、艀が岸を離れて、漕ぎ寄せて来た。船頭は真っ裸に赤ふんどしをしめている。野蛮な所だ。尤も此熱さでは着物はきられまい。日が強いので水がやに光る。見詰めて居ても眼がくらむ。事務員に聞いて見るとおれは此所へ降りるのだそうだ。見る所では大森位な漁村だ。人を馬鹿にしていらあ、こんな所に我慢が出来るものかと思ったが仕方がない。威勢よく一番に飛び込んだ。続づいて五六人は乗ったろう。外に大きな箱を四つ許積み込んで赤ふんは岸へ漕ぎ戻して来た。陸へ着いた時も、いの一番に飛び上がって、いきなり、磯に立って居た鼻たれ小僧をつらまえて中学校はどこだと聞いた。

1. 抵達偏遠的漁村

　　蒸氣輪船「嗚——」地拉了一聲長笛入港泊定後，一隻小船晃晃悠悠地離開岸邊，朝這邊划過來。划船的船夫光著身子，下身只圍著一條紅色兜襠布內褲。看這架勢，這地方還真是夠蠻荒的。話說回來，這天氣熱得讓人受不了，穿衣服簡直就是罪。陽光直射在水面上，亮得跟金子似的。盯久了，晃得人眼睛都花了。我向船上的事務員打聽，他說就在這兒下船。往岸上一瞅，發現這裡跟大森那小漁村差不多大小。這不是耍人玩嗎？我心裡嘀咕，這種鳥不生蛋的地方怎麼待得住呢？但話說回來，既來之則安之，只能硬著頭皮上了。我精神一振甩開膀子，第一個跳進了小船。緊接著5、6個人也魚貫而下。那兜襠布內褲忙活，又搬上了4個大箱子，然後才把小船往岸邊划回去。一靠岸，我還是第一個跳上岸，立馬抓住一個站在岸上的鼻涕娃，打聽中學在哪兒。

小僧は茫やりして、知らんがの、と云った。気の利かぬ田舎ものだ。猫の額程な町内の癖に、中学校のありかも知らぬ奴があるものか。所へ妙な筒っぽうを着た男がきて、こっちへ来いと云うから、尾いて行ったら、港屋と云う宿屋へ連れて来た。やな女が声を揃えて御上がりなさいと云うので、上がるのがいやになった。門口へ立ったなり中学校を教えろと云ったら、中学校は是から汽車で二里許り行かなくっちゃいけないと聞いて、猶上がるのがいやになった。おれは、筒っぽうを着た男から、おれの革鞄を二つ引きたくって、のそのそあるき出した。宿屋のものは変な顔をして居た。

那小鬼頭傻乎乎地回了句：「不知道。」真是個木頭腦袋的鄉下娃。這地方小得跟芝麻粒似的，咋連中學在哪兒都不清楚？正琢磨著，一個穿著古里古怪窄袖上衣的男人挨過來，甩了一句：「跟我走。」跟著他晃過去一看，發現他帶我到了一家叫「港屋」的旅館。幾個吵得讓人腦仁發疼的女招待整齊劃一地喊了聲：「請進。」，搞得我一點進去的興致都沒有。我在旅館門口站定，沒好氣地說：「趕緊告訴我，中學在哪兒！」她們說，去學校還得坐火車，再晃蕩兩里地呢。這下我更不想進去了。我從那穿窄袖筒上衣的傢伙手裡，一把奪過包，大搖大擺地走了。旅店裡的人看得是一臉懵圈。

2. 中学校の不安な初探訪

　停車場はすぐ知れた。切符も訳なく買った。乗り込んで見るとマッチ箱の様な汽車だ。ごろごろと五分許り動いたと思ったら、もう降りなければならない。道理で切符が安いと思った。たった三銭である。それから車を傭って、中学校へ来たら、もう放課後で誰も居ない。宿直は一寸用達に出たと小使が教えた。随分気楽な宿直がいるものだ。校長でも尋ね様かと思ったが、草臥れたから、車に乗って宿屋へ連れて行けと車夫に云い付けた。車夫は威勢よく山城屋と云ううちへ横付にした。山城屋とは質屋の勘太郎の屋号と同じだから一寸面白く思った。

2. 初探中學的不安感

　　沒多久我就找到火車站。車票也輕輕鬆鬆買到手。上了車，我才發現這火車車廂跟火柴盒似的。「匡噹匡噹」慢慢地晃了5分鐘，就到站下車了。怪不得車票這麼便宜。才3分錢就搞定了。下了火車後，我隨手招了一輛人力車。等到了學校，發現已經放學了，校園裡一個人影都沒有。碰上個校工，他說值夜班的老師也溜了，有事出去了。這夜班值得真是愜意啊。我尋思著還是去拜訪校長吧，可這時候我真是累得骨頭都快散了架，便一揮手讓車夫拉我去旅館。車夫也不含糊，一路猛勁地把我拉到「山城屋」的門口。看到這張招牌，不禁笑了，跟我家附近勘太郎家那當舖的名字簡直一字不差，真是碰上了個巧事兒。

3. 旅館での不快な体験

何だか二階の階子段の下の暗い部屋へ案内した。熱くって居られやしない。こんな部屋はいやだと云ったら生憎みんな塞がっておりますからと云いながら革鞄を拠り出した儘出て行った。仕方がないから部屋の中へ這入って汗をかいて我慢して居た。やがて湯に入れと云うから、ざぶりと飛び込んで、すぐ上がった。帰りがけに覗いて見ると涼しそうな部屋が沢山空いている。失敬な奴だ。嘘をつきゃあがった。それから下女が膳を持って来た。部屋は熱つかったが、飯は下宿のより大分旨かった。給仕をしながら下女がどちらから御出になりましたと聞くから、東京から来たと答えた。すると東京はよい所で御座いましょうと云ったから当り前だと答えてやった。

3. 旅館的不快體驗

　　一進旅館，我就被安排在 2 樓樓梯下那間黑不溜秋的小屋。裡面悶熱得像個蒸籠，簡直不是人住的地兒。我說這房間我不住，女侍卻滿臉不耐煩地說：「不巧其餘房間都滿了，一點空也沒有了。」話音剛落，就「砰」地一聲把我的包扔下，扭頭走了。我無奈，只好硬著頭皮進去，汗如雨下，真是苦不堪言。過了不久，女侍說可以去洗澡了，我馬上奔向浴室，「咚」地一聲躍進池子裡，三下兩下地洗完，就急忙爬上來了。回房間的路上，我悄悄瞥了幾眼，發現那些涼爽的房間大多空著。這些傢伙太不厚道了。竟然睜眼說瞎話。剛進房間，女侍就端著晚餐進來了。雖然這屋子悶熱得像蒸籠，但飯菜卻比我寄宿那陣子的餐點強多了。女侍站在旁邊服侍著，還不忘跟我閒扯，問我是從哪兒來的。我說從東京來。她眼睛頓時一亮，趕緊問：「東京那地方一定挺好的吧？」我不假思索地回答：「那當然！」

膳を下げた下女が台所へ行った時分、大きな笑い声が聞えた。くだらないから、すぐ寐たが、中々寐られない。熱い許りではない。騒々しい。下宿の五倍位八釜しい。うとうとしたら清の夢を見た。清が越後の笹飴を笹ぐるみ、むしゃむしゃ食って居る。笹は毒だから、よしたらよかろうと云うと、いえ此笹が御薬で御座いますと云って旨そうに食って居る。俺があきれ返って大きな口を開いてハヽヽと笑ったら眼が覚めた。下女が雨戸を明けている。相変らず空の底が突き抜けた様な天気だ。

吃完晚餐後，女侍把碗筷收拾乾淨送進廚房時，外面傳來一陣喧嘩笑聲。真是無聊透頂，於是我早早就鑽進被窩，結果輾轉反側難以入眠。這裡不只熱得像個蒸籠。還吵得跟菜市場有得一拼。吵鬧勁頭簡直是我原先住處的5倍有餘。我在床上翻來覆去，終於稀里糊塗地睡著了。夢裡竟然見到了阿清婆。她啊，正大口大口地吃著越後竹葉麥芽糖，連那包著糖的竹葉都沒放過，一起塞進嘴裡。我要她別啃那竹葉，有毒哇。她倒不以為然，悠悠地說：「甭擔心，這竹葉可是藥呢！」吃得那叫一個有滋有味。我對她真是沒轍，結果笑得前仰後合就醒了。正巧這時，女侍打開了那遮雨的套窗。我往外一瞧，好傢伙，天兒藍得跟洗過的碧玉似的。今兒個又是個大晴天的好日子啊！

道中をしたら茶代をやるものだと聞いて居た。茶代をやらないと粗末に取り扱われると聞いて居た。こんな、狭くて暗い部屋へ押し込めるのも茶代をやらない所為だろう。見すぼらしい服装をして、ズックの革鞄と毛繻子の蝙蝠傘を提げてるからだろう。田舎者の癖に人を見括ったな。一番茶代をやって驚かしてやろう。おれは是でも学資の余り三十円程懐に入れて東京を出て来たのだ。汽車の汽船の切符代と雑費を差し引いて、まだ十四円程ある。みんなやったって是からは月給を貰うんだから構わない。田舎者はしみったれだから五円もやれば驚いて眼を廻すに極って居る。どうするか見ろと澄して顔を洗って、部屋へ帰って待ってると、夕べの下女が膳を持って来た。

早聽說在外旅行得打賞點「茶錢」。如果捨不得給茶錢就會被冷落。這不，把我塞進這又窄又暗的房間，八成是因為我沒給茶錢吧。我又穿得一身寒酸，拎著兩破帆布包，撐著把舊毛絲緞質傘。明明是一群鄉巴佬，還把人給看貶了。等著瞧，我就偏給個大茶錢，嚇得他眼珠子都掉下來。我可是兜裡揣著付完學費，還剩下足足有30塊大洋，從東京出發的，別小看我！話說，扣掉火車和汽船的票錢，還有那些七七八八的雜費，兜裡還剩14塊大洋呢。何況，就算全給他們也無所謂，反正以後每個月都有薪水進賬！說穿了，鄉巴佬就是小氣，給他們5塊錢，就能把他們嚇得眼睛瞪得像銅鈴。等著看好戲吧！我故作鎮定地洗了把臉，回房間等著。不一會兒，昨晚那女侍端著飯菜來了。

盆を持って給仕をしながら、やににやにや笑っている。失敬な奴だ。顔のなかを御祭りでも通りゃしまいし。是でも此下女の面より余っ程上等だ。飯を済ましてからにしようと思って居たが、癪に障ったから、途中で五円札を一枚出して、あとで是を帳場へ持って行けと云ったら、下女は変な顔をして居た。夫から飯を済ましてすぐ学校へ出懸けた。靴は磨いてなかった。

她拿著盤子，一邊伺候一邊咧嘴傻笑。我心裡暗罵，真是沒教養的土丫頭。老子臉上又沒在唱大戲，有啥好看的！就算這樣，也比她那張土臉強多了。本來想著吃完早飯再處理，可她惹得我火冒三丈，吃到半途就掏出一張5元的鈔票，甩給她，說：「待會兒拿去帳台結帳吧。」那丫頭立刻露出一張見鬼似的怪臉。然後，飯一吃完，我就急匆匆往學校趕。結果準備出門時一低頭，瞧見鞋子居然沒幫我擦亮，真是氣得我差點跳腳。

4. 学校での驚きの初体験

　学校は昨日車で乗りつけたから、大概の見当は分って居る。四つ角を二三度曲がったらすぐ門の前へ出た。門から玄関迄は御影石で敷きつめてある。きのう此敷石の上を車でがらがらと通った時は、無暗に仰山な音がするので少し弱った。途中から小倉の制服を着た生徒に沢山逢ったが、みんな此門を這入って行く。中にはおれより脊が高くって強そうなのが居る。あんな奴を教えるのかと思ったら何だか気味が悪くなった。名刺を出したら校長室へ通した。校長は薄髯のある、色の黒い、眼の大きな狸の様な男である。

4. 學校裡的驚奇初體驗

　　昨天坐車去過一趟，所以學校的位置我大概有數。拐了兩、三個十字路口，不一會兒就到了學校門口。往裡面一瞧，好傢伙，只見從大門到校舍入口，一路全是花崗石舖的。我沒忘記昨天坐車在這石板路上「匡噹匡噹」地走，吵得人腦袋嗡嗡的，簡直要炸了。繼續往深處走，沿途遇到不少穿著厚棉布製服的學生，各個從這門魚貫而入。有些人個頭比我高，長得牛高馬大，模樣強悍的。想到之後要調教這些小子，心裡不免有點發怵。拿出名片後，我被帶進了校長室。校長是一位鬍子稀稀拉拉，皮膚黑得像炭，一雙大眼睛像銅鈴，活像隻大山狸的男子。

やに勿体ぶって居た。まあ精出して勉強してくれと云って、恭しく大きな印の捺った、辞令を渡した。此辞令は東京へ帰るとき丸めて海の中へ抛り込んで仕舞った。校長は今に職員に紹介してやるから、一々其人に此辞令を見せるんだと言って聞かした。余計な手数だ。そんな面倒な事をするより此辞令を三日間職員室へ張り付ける方がましだ。

一副端著架子的樣子。他簡簡單單地說了句：「好好幹吧」，然後煞有介事地，遞給我一張蓋著大紅印章的聘書。這張聘書後來回東京時，被我揉巴揉巴成紙團，隨手丟進了大海，成了魚兒的玩物。校長接著對我說，待會兒會把我介紹給其他職員，還吩咐我一一出示這張聘書。真是費事兒，擺譜還要擺到這種地步。與其這麼折騰，乾脆直接把聘書，釘在教員休息室牆上3天，反而省心省力。

教員が控所へ揃うには一時間目の喇叭が鳴らなくてはならぬ。大分時間がある。校長は時計を出して見て、追々ゆるりと話す積だが、先づ大体の事を呑み込んで置いて貰おうと云って、夫から教育の精神について長い御談義を聞かした。おれは無論いゝ加減に聞いて居たが、途中から是は飛んだ所へ来たと思った。校長の云う様にはとても出来ない。おれ見た様な無鉄砲なものをつらまえて、生徒の模範になれの、一校の師表と仰がれなくては行かんの、学問以外に個人の徳化を及ぼさなくては教育者になれないの、と無暗に法外な注文をする。そんなえらい人が月給四十円で遥々こんな田舎へくるもんか。人間は大概似たもんだ。腹が立てば喧嘩の一つ位は誰でもするだろうと思ってたが、此様子じゃ滅多に口も聞けない。散歩も出来ない。そんな六づかしい役なら雇う前にこれこれだと話すがいゝ。

要讓教員們都聚到休息室，得等第一堂課的喇叭聲響起。時間還早得很。校長從懷裡掏出表瞅了一眼，説：「細節以後咱再慢慢聊。不過現在先讓我給你捋捋大概情況。」隨後，他就開始滔滔不絕地，大談特談什麼教育精神，話匣子一開就沒完沒了。我當然是左耳進右耳出地聽著，聽到一半心裡直犯嘀咕：我這是到了什麼鬼地方啊？校長那些高談闊論，我可是一句也做不到。他居然對著我這個砲仗脾氣，扯什麼要當學生的榜樣啦，讓人景仰的模範教師啦，不光會教書，還要成為什麼以德育人的教育家啦，一口氣提了一堆附加的條件。也不動腦子，真要是那麼了不起的人物，怎麼可能為每月區區40個大洋，跋山涉水跑到這鳥不拉屎的地方來？說到底，人哪！都差不多。誰還沒點脾氣？氣頭上吵架打架那是常有的事兒。現在看來，恐怕連開口説話都得小心翼翼。更別提散步了。要真是這麼難伺候的活兒，僱我之前怎麼不早開門見山攤開説。

おれは嘘をつくのが嫌だから、仕方がない。だまされて来たのだとあきらめて、思い切りよく、ここで断って帰っちまおうと思った。宿屋へ五円やったから財布の中には九円なにがしかない。九円じゃ東京迄は帰れない。茶代なんかやらなければよかった。惜しい事をした。然し九円だって、どうかならない事はない。旅費は足りなくっても嘘をつくよりましだと思って、到底あなたの仰ゃる通りにゃ、出来ません、此辞令は返しますと云ったら、校長は狸の様な眼をぱちつかせておれの顔を見て居た。やがて、今のは只希望である、あなたが希望通り出来ないのはよく知って居るから心配しなくってもいゝと云いながら笑った。その位よく知ってるなら、始めから威嚇さなければいゝのに。

我最煩聽那些謊話，可心裡想著：得了吧。既然已經上當來到這鳥不生蛋的地方，索性橫下一條心，把這破差事甩了打道回府。但轉念一想，剛才不是給了旅館5塊大洋茶錢嗎？現在口袋裡只剩9塊大洋。靠9塊大洋這點兒錢根本不夠回東京。哎呀，早知道就不該那麼大方給那5塊錢。真是後悔得腸子都打結了。可是就算只剩下9塊這點毛毛雨，也未必就無計可施。再說，旅費不夠又能咋樣？至少比編瞎話有骨氣。於是我直截了當地對校長說：「您那些高要求，我真做不到，這聘書您還是收回去吧。」校長瞪著那雙山貍眼，愣愣地盯了我半晌。接著他說：「剛才那些只是期望罷了，我知道你不可能完全照做，別放在心上。」他居然邊說邊咧嘴笑，真是隻老狡猾的山貍！既然心知肚明，幹嘛一開始就嚇唬我呢？

そう、こうする内に喇叭が鳴った。教場の方が急にがやがやする。もう教員も控所へ揃いましたろうと云うから、校長に尾いて教員控所へ這入った。広い細長い部屋の周囲に机を並べてみんな腰をかけて居る。おれが這入ったのを見て、みんな申し合せた様に俺の顔を見た。見世物じゃあるまいし。夫から申し付けられた通り一人々々の前へ行って辞令を出して挨拶をした。大概は椅子を離れて腰をかゞめる許りであったが、念の入ったのは差し出した辞令を受け取って一応拝見をして夫を恭やうやしく返却した。丸で宮芝居の真似だ。十五人目に体操の教師へと廻って来た時には、同じ事を何返もやるので少々じれったくなった。向は一度で済む。こっちは同じ所作を十五返繰り返して居る。少しはひとの了見も察して見るがいゝ。

正在這絮絮叨叨的功夫，下課的喇叭聲響了。教室那頭，立刻吵吵嚷嚷起來。校長一聽，甩下一句：「教員大概也都回到休息室了吧。」便邁開步子走了過去。我趕緊連忙跟在後頭，進了教員休息室。這是一間細長的大房間，四周靠著牆擺滿了辦公桌，老師們一個個像模像樣地坐在那兒。見我一進來，大家好像事先商量好了一樣，全都齊刷刷地盯著我看。我心想，我又不是什麼稀奇動物，有啥好看的呢？接下來，我依照校長的吩咐，挨個走到老師們面前，一一亮出聘書，打個招呼。他們大多只是象徵性地站起來對我點點頭，不過也有幾個戲精，拿過聘書瞄一眼，然後一本正經地遞還給我。活像在演宮廷戲。當我走到第 15 位，是個體操老師面前時，我已經快煩死了。人家只用做一回。我卻得一遍遍地來 15 回，真是夠嗆。這不該體諒體諒嗎？

挨拶をしたうちに教頭のなにがしと云うのが居た。是は文学士だそうだ。文学士と云えば大学の卒業生だからえらい人なんだろう。妙に女の様な優しい声を出す人だった。尤も驚いたのは此暑いのにフランネルの襯衣を着て居る。いくら薄い地には相違なくっても暑いには極ってる。文学士丈に御苦労千万な服装をしたもんだ。しかも夫が赤シャツだから人を馬鹿にしている。あとから聞いたら此男は年が年中赤シャツを着るんだそうだ。妙な病気があった者だ。当人の説明では赤は身体に薬になるから、衛生の為めにわざわざ誂らえるんだそうだが、入らざる心配だ。そんなら序に着物も袴も赤にすればいゝ。夫から英語の教師に古賀とか云う大変顔色の悪るい男が居た。

在我一一打過招呼的人裡，有一位像是教務主任。傳聞這位仁兄可是個文學士。文學士啊，那可是大學畢業生，說白了就是個大人物。可這人說起話來，聲音細細柔柔的，跟女人似的。最讓人驚掉下巴的是，這大熱天裡，他居然穿著一件法蘭絨襯衫！這料子無論再薄，也頂不住這天氣啊。是不是當個文學士就這麼不容易，連穿衣服都得吃這麼大苦頭。而且，那傢伙還穿著一件紅襯衫，真是把人當傻子耍。後來，我聽說他一年到頭都穿紅襯衫。簡直是個奇葩。據他自己吹噓，紅色對身體有好處，特別衛生，專門訂做了這紅襯衫。我真是瞎操心了！如果真有效，何不連大褂和裙褲也都弄成紅色的，那才叫徹底呢！另外，還有個教英語的男老師，叫古賀，臉色難看到嚇人。

大概顔の蒼い人は痩せているもんだが此男は蒼くふくれて居る。昔し小学校へ行く時分、浅井の民さんと云う子が同級生にあったが、此浅井の親父が矢張り、こんな色つやだった。浅井は百姓だから、百姓になるとあんな顔になるかと清に聞いて見たら、そうじゃありません、あの人はうらなりの唐茄子許り食べるから、蒼くふくれるんですと教えて呉れた。それ以来蒼くふくれた人を見れば必ずうらなりの唐茄子を食った酬だと思う。此の英語の教師もうらなり許り食ってるに違ない。尤もうらなりとは何の事か今以て知らない。清に聞いて見た事はあるが、清は笑って答えなかった。大方清も知らないんだろう。夫からおれと同じ数学の教師に堀田と云うのが居た。

一般來說，臉色蒼白的人都是瘦骨嶙峋的，可這位古賀先生卻偏偏是又青又腫。這使我想起上小學那會兒，班上有個同學叫淺井民，這小子他爸也是這麼個臉色。淺井家是農民，我還真以為農民都得長這樣呢，就去問阿清婆是不是這麼回事。阿清婆告訴我：「哪兒啊，那家伙是光吃老秧子南瓜，吃得臉都跟個霉南瓜似的，青一塊紫一塊的，腫得跟個發了霉的麵包一樣。」自打那會兒起，我一見到臉色蒼白又浮腫的人，就覺得他八成是吃老秧子南瓜吃多了，才弄得這副模樣。所以，這位英語老師肯定也是，光吃老秧子南瓜吃成這副德行的。說起來，「老秧子南瓜」是啥玩意兒？我到現在也摸不著頭腦。我曾經問過阿清婆，但她老人家就笑了笑，啥也沒說。估摸著她老人家也沒個準吧。接下來就要說到和我教同一門數學的老師，叫掘田。

是は逞しい毬栗坊主で、叡山の悪僧と云うべき面構である。人が叮嚀に辞令を見せたら見向きもせず、やあ君が新任の人か、些と遊びに来給えアハヽヽと云った。何がアハヽヽだ。そんな礼儀を心得ぬ奴の所へ誰が遊びに行くものか。おれは此時から此坊主に山嵐と云う渾名をつけてやった。漢学の先生は流石に堅いものだ。昨日御着で、嘸御疲れで、夫でもう授業を御始めで、大分御励精で、——とのべつに弁じたのは愛嬌のある御爺さんだ。画学の教師は全く芸人風だ。べらべらした透綾の羽織を着て、扇子をぱちつかせて、御国はどちらでげす、え？東京？夫りゃ嬉しい、御仲間が出来て……私もこれで江戸っ子ですと云った。こんなのが江戸っ子なら江戸には生れたくないもんだと心中に考えた。其のほか一人一人に就てこんな事を書けばいくらでもある。然し際限がないからやめる。

這位仁兄啊，長得倒是挺魁梧，頭上剃得跟個刺蝟似的，活脫脫一個惡僧的模樣。當我恭恭敬敬地遞上聘書時，他愛答不理連看都不看一眼，只說：「哎呀，你就是新來的啊？有空來玩啊，哈哈哈哈！」什麼狗屁「哈哈哈哈」。這般粗魯沒教養，誰稀罕去你那兒串門啊！當下，我就給這刺蝟頭和尚取了個渾名，叫「豪豬」。至於教漢文的老師，果然有教養沉穩許多了。一見面就一連串的客套話：「昨天您剛到，肯定累得不輕，這麼快就開始上課，真是敬業啊！」這老爺子真是和藹得很。至於那繪畫的老師，簡直像個戲子。穿著一身輕飄飄的薄綾外掛，手裡扇子啪嗒啪嗒地一會兒開開，一會兒合合，嘴上漫不經心道：「您是哪裡人啊？東京的？那真好，有老鄉了……咱也是江戶人哪！」我心裡嘀咕，江戶佬要是都像你模樣的，那我寧可不當江戶人。除此之外，還有不少奇人異事，要是每個人都寫上一段，估計得寫個 3 天 3 夜。說來話長，還是打住吧。

挨拶が一通り済んだら、校長が今日はもう引き取ってもいゝ、尤も授業上の事は数学の主任と打ち合せをして置いて、明後日から課業を始めてくれと云った。数学の主任は誰かと聞いてみたら例の山嵐であった。忌々しい、こいつの下に働くのかおやおやと失望した。山嵐は「おい君どこに宿ってるか、山城屋か、うん、今に行って相談する」と云い残して白墨を持って教場へ出て行った。主任の癖に向から来て相談するなんて不見識な男だ。然し呼び付けるよりは感心だ。

跟大夥兒見面招呼過後，校長說：「今兒就先這樣吧。不過，得把授課的事情跟數學主任敲定了，後天正式上課。」我問：「哪位是數學主任啊？」沒想到竟然是那頭「豪豬」。真是倒了八輩子的霉，居然要在這個傢伙手下幹活，我的心情一下子從雲端跌到地獄。豪豬對我說：「哎，小子，你住哪兒啊，山城屋嗎？好咧，我過會兒去找你談。」說完，抓起粉筆就往教室走了。這主任真是個不講規矩的傢伙，做主任的居然還親自上門來找我談。不過好歹比讓我跑去他那兒省事，這點他還算挺上道的。

夫から学校の門を出て、すぐ宿へ帰ろうと思ったが、帰ったって仕方がないから、少し町を散歩してやろうと思って、無暗に足の向く方をあるき散らした。県庁も見た。古い前世紀の建築である。兵営も見た。麻布の聯隊より立派でない。大通りも見た。神楽坂を半分に狭くした位な道幅で町並はあれより落ちる。二十五万石の城下だって高の知れたものだ。こんな所に住んで御城下だ抔と威張ってる人間は可哀想なものだと考えながらくると、いつしか山城屋の前に出た。広い様でも狭いものだ。是で大抵は見尽くしたのだろう。帰って飯でも食おうと門口を這入った。

接著，我離開了學校，原本打算直接回旅館，但琢磨了一下，回去反正也是閒得慌，不如到鎮上散散步，隨便溜達溜達。走著走著，瞥見了縣政府。是幢舊世紀的建築。還看到軍營。但比起麻布的聯隊營那氣派樣，還真是差遠了。也瞧見了主街道。可街道寬度窄得像把神樂坂劈成兩半，街景也遠不如那邊。雖說是個號稱 25 萬石的城下市區，瞧來瞧去也就這麼回事。我心裡犯嘀咕，住在這兒的人，還自鳴得意地喊自己是藩主腳下的臣民，真是可笑得緊。正這麼胡思亂想著，稀里糊塗就走到了山城屋門前。這鎮子看著挺大，其實也沒多大。估計就這麼幾步路，該瞧的也都看得七七八八了。走累了，想著回去吃頓飯吧！於是，就鑽進了山城屋的大門。

帳場に坐って居たかみさんが、おれの顔を見ると急に飛び出して来て御帰り……と板の間へ頭をつけた。靴を脱いで上がると、御座敷があきましたからと下女が二階へ案内をした。十五畳の表二階で大きな床の間がついて居る。おれは生まれてからまだこんな立派な座敷へ這入った事はない。此後いつ這入れるか分らないから、洋服を脱いで浴衣一枚になって座敷の真中へ大の字に寐て見た。いい心持ちだ。

一進門，坐在帳台的老闆娘一看到我，立馬飛奔過來迎接，説：「您回來啦……」隨即腦袋貼著地板，跪下磕頭。我脱了鞋，正準備進屋，底下的女侍就來了：「有空房為您準備好了，請跟我來。」她二話不說，就把我領到 2 樓。我一瞧，好傢伙，是一間 15 帖大的 2 樓臨街房，還帶個氣派的大壁龕。我自打睜眼那天起，還沒進過這麼豪華的房間，真是頭一回啊。誰知道下次啥時候還能有這種福氣呢？甭管了，我把西裝一脱，換上浴衣，直接在房間中央躺成個「大」字。哎呀，這感覺，舒坦得跟神仙似的啊！

昼飯を食ってから早速清へ手紙を書いてやった。おれは文章がまずい上に字を知らないから手紙をかくのが大嫌だ。又やる所もない。しかし清は心配して居るだろう。難船して死にやしないか抔と思っちゃ困るから、奮発して長いのを書いてやった。其文句はこうである。

吃完午飯，我馬上給阿清婆寫了一封信。說真的，我最討厭寫信了，不但文筆臭，還認不得幾個字，簡直是我的死穴。也連個寫信嘮嗑的對象都沒有。可阿清婆肯定在家擔心得要命。萬一以為我遇難沉船了，那可不得了。所以我豁出去了，硬著頭皮寫了封長信給她。信的內容是這樣的：

「きのう着いた。つまらん所だ。十五畳の座敷に寐て居る。宿屋へ茶代を五円やった。かみさんが頭を板の間へすりつけた。夕べは寐られなかった。清が笹飴を笹ごと食う夢を見た。来年の夏は帰る。今日学校へ行ってみんなにあだなをつけてやった。校長は狸、教頭は赤シャツ、英語の教師はうらなり、数学は山嵐、画学はのだいこ。今に色々な事をかいてやる。左様なら」

「昨天安然抵達。這鬼地方真是差勁透頂。現在躺在一個15帖的大房間裡。我給了旅館5塊錢茶費。老闆娘給我磕頭道謝。昨晚沒睡好。做夢夢見您老人家吃竹葉麥芽糖，連葉子都吃來著。明年夏天我就回去。今天去了學校，給每個同事都取了個渾號。校長叫『狸貓』，教務主任叫『紅襯衫』，英語老師叫『老南瓜』，數學老師是『豪豬』，美術老師叫『馬屁精』。以後還有很多趣事會寫信告訴你。就這樣吧，再見！」

5. 新しい住居と新たな始まり

　手紙を書いて仕舞ったら、いゝ心持になって眠気がさしたから、最前の様になって座敷の真中へのびのびと大の字に寐た。今度は夢も見ないでぐっすり寐た。この部屋かいと大きな声がするので眼が覚めたら、山嵐が這入って来た。最前は失敬、君の受持ちは……と人が起き上がるや否や談判を開かれたので大に狼狽した。受持ちを聞いてみると別段六づかしい事もなさそうだから承知した。此位の事なら、明後日は愚、明日から始めろと云ったって驚ろかない。授業上の打ち合せが済んだら、君はいつ迄こんな宿屋に居る積もりでもあるまい、僕がいゝ下宿を周旋してやるから移り玉え。

5. 新居與新開始

　　把信寫完後,心情頓時舒暢了許多,睏意也上來了。於是,我又像剛才那樣,躺在房間正中央,伸展四肢,舒舒服服地擺成「大」字形。這回我一覺睡到天亮,連個夢都沒做,睡得那叫一個香啊!「就這房嗎?」一個大嗓門把我從夢中驚醒,睜開眼一看,原來是那豪豬闖了進來。「不好意思,剛才真是失禮了,你的課程安排是⋯⋯」我還沒完全醒過來,這人就開始和我談起公事來,弄得我手足無措。等我聽清楚了課程安排,發現也沒啥難的,就隨口答應了下來。這點事兒,別說是後天,就是明天馬上開工,我眉頭都不帶皺一下的。談妥課程安排後,豪豬問我:「你總不能老住在這旅館吧?我給你介紹個好地方,去那兒住吧!別人說了對方不一定買賬,只有我說的才頂事。這事兒拖不得,今天看看,明天就搬,後天開始上課,這樣安排最妥當。」

外のものでは承知しないが僕が話せばすぐ出来る。早い方がいゝから、今日見て、あす移って、あさってから学校へ行けば極りがいゝと一人で呑み込んで居る。成程十五畳敷にいつ迄居る訳も行くまい。月給をみんな宿料に払っても追いつかないかもしれぬ。五円の茶代を奮発してすぐ移るのはちと残念だが、どうせ移る者なら、早く引き越して落ち付く方が便利だから、そこの所はよろしく山嵐に頼む事にした。すると山嵐は兎も角も一所に来て見ろと云うから、行った。町はずれの岡の中腹にある家で至極閑静だ。主人は骨董を売買するいか銀と云う男で、女房は亭主より四つ許り年嵩の女だ。

這傢伙竟一意孤行地替我拍板了。說的也是,這15帖的大房間,住著舒坦,我也不能老賴著不走。就算把整個月的薪水全砸進去,恐怕連房錢都湊不齊。雖說我剛賭氣砸了5塊大洋給茶錢,現在就搬有點兒肉疼,但又想,反正遲早都得搬,還不如早點兒收拾妥當,省得日後麻煩。於是,我當下就把這事兒交給豪豬,說:「那就全靠你了。」接著,豪豬回說:「甭理那麼多,先跟我走一趟。」我也沒多想,就跟著他走了。那房子在鎮子邊上的半山腰,是個十分靜謐的所在。房東是做古董生意的,名叫「銀子」,他那老婆子比他大4歲。

中学校に居た時ウィッチと云う言葉を習った事があるが此女房は正にウィッチに似て居る。ウィッチだって人の女房だから構わない。とうとう明日から引き移る事にした。帰りに山嵐は通町で氷水を一杯奢った。学校で逢った時はやに横風な失敬な奴だと思ったが、こんなに色々世話をしてくれる所を見ると、わるい男でもなさそうだ。只おれと同じ様にせっかちで肝癪持らしい。あとで聞いたら此男が一番生徒に人望があるのだそうだ。

記得中學那會兒,學過一個英文單詞叫「WITCH」(巫婆),這位老婆子簡直和「WITCH」(巫婆)一個模樣。不管她是巫婆還是啥的,反正是人家的老婆,跟我半毛錢關係都沒有。最後敲定,明天就搬過去。回去的路上,豪豬在街邊小攤請我吃了一碗刨冰。在學校剛見到他的那會兒,我還覺得這傢伙目中無人,特別討人嫌。可看他現在這麼熱心地幫我張羅,倒也不算是壞人。真是知人知面不知心啊。不過,他跟我一樣,都是急性子,脾氣火爆得像點著了炮仗。後來才聽說,他在學生中還挺有口碑,竟然是個人氣教師,頗受歡迎呢。

（25K+QR Code線上音檔）

夏目漱石

一天一段落，中文日文一起來，從幽默中學日語

坊ちゃん 少爺 1

【聽經典學日文01】

■ 發行人／林德勝
■ 著者／夏目漱石
■ 譯者／雅琪
■ 出版發行／山田社文化事業有限公司
　地址　臺北市大安區安和路一段112巷17號7樓
　電話　02-2755-7622
　傳真　02-2700-1887

■ 郵政劃撥／19867160號　大原文化事業有限公司

■ 總經銷／聯合發行股份有限公司
　地址　新北市新店區寶橋路235巷6弄6號2樓
　電話　02-2917-8022
　傳真　02-2915-6275

■ 印刷／上鎰數位科技印刷有限公司

■ 法律顧問／林長振法律事務所　林長振律師

■ 書＋QR Code／定價　新台幣399元

■ 初版／2024年9月

© ISBN：978-986-246-851-7
2024, Shan Tian She Culture Co., Ltd.

著作權所有・翻印必究
如有破損或缺頁，請寄回本公司更換

254

山田社

STS

山田社